U0062211

19 98—
20 08

朵渔诗选

追蝴蝶

作家出版社

朵渔

诗人，随笔作家。1973年出生于山东，1994年毕业于北京师范大学中文系，现居天津。曾获华语文学传媒大奖·年度诗人奖、柔刚诗歌奖、屈原诗歌奖、海子诗歌奖、天问诗人奖、单向街书店文学奖、《诗刊》《诗选刊》《星星》等刊物的年度诗人奖等。著有《史间道》《追蝴蝶》《最后的黑暗》《意义把我们弄烦了》《原乡的诗神》《生活在细节中》《我的呼愁》《我悲哀地望着我们这一代人》等诗集、评论集和文史随笔集多部。

目录

辑二　非常爱

辑三　黑暗传

辑四　自画像

辑五　雪融冰

辑六 雨夹雪

辑七 愤然录

辑外　摘自笔记簿

辑一

高原上

高原上

当狮子抖动全身的月光，漫步在
黄叶枯草间，我的泪流下来。并不是感动，
而是一种深深的惊恐
来自那个高度，那辉煌的色彩，忧郁的眼神
和孤傲的心。

无边的细雨

一万枚树叶在闪光，好像真有
一万颗心灵，因为自惊蛰至谷雨所带来的
惊人变化，它们在为自己的遭际哭泣
无边的细雨，我还指不出它们
确切的边际，就像永远不明白
那些明亮的树叶，来到世上的
确切时辰。这也略等于
一次激动人心的初吻，我们最好
不要指出，谁是主动的，谁是被动的。

河流的终点

我关心的不是每一条河流
她们的初潮、涨潮，她们的出身、家谱
我关心的不是她们身形的胖瘦，她们
长满了栗子树的两岸
我不关心有几座水泥桥跨越了她们的
身体，我不关心她们胃里的鱼虾的命运

我关心的不是河流的冰期、汛期
她们肯定都有自己的安排
我关心的不是她们曾吞没了几个戏水的顽童
和投河而去的村妇
她们容纳了多少生活的泥沙
这些，我不要关心。

我关心的是河流的终点。她们
就这么流啊流啊，总有一个地方接纳了
她们疲惫的身躯，总有一个合适的理由
劝慰了她们艰难的旅程。比如我记忆里的
一条河流，她流到我的故乡时
已老态龙钟，在宽大的河床面前
进进退退，欲走
还休。

暗街

天黑下来之前我看到
成片的落叶和灰鼠的天堂
以及不大的微光，落在啤酒桌上
天黑之后雨下得更加独立，啤酒
淹没晃动的人形
和，随车灯离去的姑娘
在这个时辰幸福不请自来
在这个时辰称兄道弟说明一切
我来这里
不是寻找一种叫悲伤的力量
而是令悲伤无法企及的绝望

生病，越冬

清晨我看到阳光爬进来
点燃衰败的植物。这样的天气
适宜待在家里，电视、香烟和茶
几张风格迥异的影片
将音量调到最小，把窗子关起来
洁净全身，重新学习做爱
下午，大风降温
成群的燕子沿海岸迁徙
北方的干燥，像浑身的痒痒
把生活折磨得面目全非
听到海上下雨的消息时
已近午夜，生活好像还有多种选择
而我一半的性欲已经完结

我梦见犀牛

在一片雷声中，我没有
梦见黄金，而是犀牛
一头非洲犀，挺着硕大的
阳具，在一块巨石上狂舞
多肉的下颚颤动不已
绿色的汁液涂抹着天空
石头并未因此而开裂
我也没有因此
获得飞翔
发出尖叫的，是黑夜的女人
她挥舞着冰冷的手臂，在梦中
张开了双腿
我摸着她多毛的下体，想起
那在做爱中度过的每一刻是多么奇特
那被黑犀配过的母犀是多么风光

黑犀传

总之是没兴趣，因过于巨大
它伤心透顶，不想说话。
有人对它吹口哨，它头也不抬
不屑于重量，以及腰身
不屑于一小块软骨的智慧
有人冲它喊：该减减肥啦！它理都不理
何况是你，过路的天使，浑身诗歌的
鸟雀们，你还要我如何不屑！

它不走，因此永不走投无路。
它浑浊，因此永不如鱼得水。
它沮丧，但不咳嗽；它迟缓，不屑于速度；它老子，
　　时而庄子；
它庄子时，貌似一个巨大的思想。
它有一条积极的尾巴，但时常被悲哀收紧；
它有一双扁平足，但不用来奔跑。
这河谷之王，思想的厚皮囊，它有时连头都不抬，
它不抬头，你就看不到它悲哀的眼泪可以用来哭泣。

令人满意的

微凉的秋风中一件亚麻的布衫
在去邮局的路上听到鸟鸣

下午的沉睡中脸上的一抹阴影
鸟儿的羽毛覆盖着一层六点钟的阳光

沉默的木匠看上一棵笔直的松树
斧子在他的手中兴奋地舞蹈

伸出手去碰碎羞涩的笑容
转过两个街角，终于找到要找的人

在镇上和我一起喝酒长大的朋友
如今生有两儿一女，老婆闲置在家

《物质生活》，174 页，一种令人
满意的厚度，以及她低纬度的裙子

和小男孩一样的平胸，"对你们说什么
好呢，那时我才十五岁半。"

七里海

生活多么美好。
我们从大堤上走过
脚步轻松，视野开阔
河水轻抚着薄冰，看不到蜻蜓、河蟹
小草还没有发芽，但阳光很好
它们早晚要出来。
"生活多么美好！"
七里海的水波
被四级的春风吹动
我的头发也被吹乱了，像黑鸟
在闪光，我真心喜欢
这种乱了的感觉。

响晴

天晴得太厉害了
一切都在发出爆裂声
柴禾等待着燃点
蚂蚁爬进午睡者的嘴巴
皮肤也在汗水中绽裂
头发跳起了非洲舞
这是在嘲弄雨水
还是嘲弄一种温情的生活？

我在此刻怀念杭州、泰州
是否表达了这样一种态度——
我想让日常生活
适合长出蘑菇

惜光阴

一夜风雨后，雾霾散尽
天蓝得像马背上的草原
隔着玻璃窗，光线如波纹
天气太好了，一时激动得
不知做什么才好，静静地
呆坐着，听巴赫，喝绿茶
有一种在乌有之乡的感觉
浪费掉一天中最好的光阴。

无处

越是寂静，越是没有信心支撑
这持续的雨，将回忆变得强大
你，咖啡店里的清纯女王，此刻再次
将裙子轻轻撩起，蹚水过马路
你的头发湿了。我掩上门，但没有用
风中飘着咖啡的气息，将这场雨
持续一早晨，或者一整天
静静的是滴水声，滴成一个焦点
是它，将无处变得空无、阔大
成为一枚密不可分的果核，静静
摆上窗台，静静落入水中
我，面对你时，犹如面对这无边雨幕。

旅游地

大夏河水一夜流淌。
三等旅馆的蚊子，聚集在黑暗里
耐心等待这场风雪路过。
在拉卜楞寺七月的阴影里
我们成了被冻僵的牲口

第二天一早，带足羊腿和啤酒
向草原进发
一路尽是脸色发青的
旅游者，头上顶着几朵雪花
别去了，他们说，你们看不到
真正的草原，那儿只是一个
跑马场

风景不是旅游的目的
草原的形象早已深入人心
在劝阻中，我们终于抵达，并看到
冰雪中的草原
和几匹马
几个藏民说：嘿，骑马逛草原！
我说：天神，这太幽默了，一个

多么可爱的场院

……
关于旅游的无目的之为
目的，犹记得几年前
我曾专程到南京去了一趟
并在烈日下
拜谒了中山堂

风格简朴的生活

当声音变哑，托盘上的瓷器变暗
当光线与阴影，随时晴时雨的季节
落在绿色的窗口，当他在一种
难以将息的沉默中起身
自言自语，脚步缓慢，灰尘轻抚旧桌椅
他周身的气息，在书写深居简出的历史

肝区肿痛，牙龈出血，老迈的心脏
时跳时停，特别是午后，这段虚拟的时光
衣衫不整，家居凌乱
花园的植物根繁叶茂，邻居的猫
安详地打鼾，他已在藤椅上坐了很久
在眼屎的迷离中，等候最后一班邮车

秋天种花，冬天除草，他的一生
错过了几次神赐的良机，就在一天之前
老情人的小孙女，一株丰盈的植物
还在为他的花浇水，使用他的抽水马桶
并在他的书架上寻找爱情的老照片
他爱她的娇横，却给了她德高望重的教导

他想让一切都慢下来，慢慢转身，慢慢
融进太阳的脚步，慢慢进入黑暗
他想让阳光暂时离开屋子，让厨房
更加安静，让蒙尘的书籍
被风轻轻翻到最后一页，他要
让你看到一个虚幻如空房间的老年

——然而有谁相信，这个穿着臃肿的
爱猫的男人，曾经拥有世上最混乱的爱情
和接近完美的属灵的生活

民国一日

颉刚来，把他买的《汪梅村集》
和《唐氏遗书》送给我看。
云五来谈，甚久。
狄楚青邀吃午饭。
饭后到自新医院看惕予夫人。
访铁如，他后日由海道北上。
路遇寅初，略谈。访独秀夫人，不遇。
———以上摘自《胡适的日记》1921.8.28

然后将臀部对着阳光
打开的脑垂体对着阳光
绿线绳上的内衣对着阳光
双手湿润，读一封
寄自菲律宾的来信：
"生活自然是很琐屑的，正常
而卑下，像沃克小镇的自由市场。"

此刻窗外的积雪猜不透室内的心情
繁忙猜不透琐碎
老灵魂猜不透新青年
我的杯子里盛满了隔夜茶

日全食

医生走后，我决定爬起来
多日以来的肠炎，让我虚弱不堪
庭院清凉，穿过槐花的光线
像一阵小雨落下
一群鸡雏在柴草间追逐
几乎全部的家畜都出门了
只有我父亲，赤裸着上身
在院子里挖土，一趟趟地
往田里运肥
汗水掉到粪堆里，焦躁挂在嘴角
和他面对，真是一种罪过。
他不行了，白发覆盖了他
不再似当年，连夜往安徽贩大米
把发情的小母牛，按倒在田埂上。
他将铁锨扔向井台
拉开了栅栏门，在他身后
是一大片的田野和极少数的鸟群
整个村庄都保持着沉默
只有很小的阴影跟着他
那是谁投下的目光呢？
我抬头望天，一轮黑太阳
清脆、锋利，逼迫我流下泪水

去河南

小站的四周，挤满安静的小贩
像暗藏杀机的江湖客
几个弄纸牌的闲人，以及他们的大哥
围在一堆火旁，争夺一瓶酒的
剩余部分
回乡的人，在车子里坐稳
袖着双手，眉头紧锁
没有思考，也不再玩笑
静静地等待司机的小便

河南口音的少女，就坐在我身后
开始以来，她就保持着惊恐般的沉默
要弄明白　　她是从怎样的黑暗中
得来的恐惧，要弄明白
她的内衣里塞了多少血汗钱
她的沉默不会允许
她打算让世界一路沉默下去
直到河南地界

车子开动，大地随落日
轻轻摇晃

此时，车厢里恢复了渔网般的喧闹
我看到小站站长，和他那
岁月模糊的脸
我终于能够理解，他对这世界的憎与爱
——我就坐在这群人中间
　　却不再是他们中的一员

我走过祁连山那连绵的阴影……

有一年我从棕红的土地进入广大的西部
跟随一阵阵短暂的降雨穿越森林戈壁
用麻木的神经抚摸少女们的黑胸脯
在响亮的阳光下晾晒阴郁的头皮
我徒步涉过闪光的黑水河，在积雪的山崖
观望阳光下的牛群和马匹那巨大的脊背
我曾经在一个提刀的青年家中喝醉
在一片浓郁的森林里迷途知返
那些苍鹰呀鼹鼠呀，那些死去多年的尸体
都在我的身体里留下过印记
在高如神殿的山间，我学会了爱一切
细微的事物
当我走出祁连山那连绵的阴影
仿佛是来到了世界的另一面

辑二

非常爱

论肉体之轻

两个疯狂做爱的人，在彼此的体内
待久了，就会陷入对方的厌倦里
眼看着悲哀从空气中升起
像两只失望的鹰
相互仇视，却无可给予

论伊拉斯谟

谁能激怒这个人呢，当他不再担心
生与死，得与失？
那个叫路德的青年刚刚离去，卖盐的人
送还被摔破的盐罐
他拉上冬天厚厚的窗帘，坐在窗下读经
我被他缓慢的身影打动了
依我看来，他没有把自己变成一尊自相矛盾的神
而是表达着一种宽广与和解的人生态度

与一头狮子对视

与一头狮子对视
一头伟大的雄狮，神色孤立，披发独自
徘徊在一个巨大的铁笼内
当我们的目光远远相遇
他突然一动不动，坚持不眨眼，不喘息
仿佛隐忍着一股愤怒
直到我的脊背开始发凉，直到
我内心的自卑被重新唤起
他才发出一阵短暂的怒吼
声音低沉，贴着草皮传来，那意思是
快滚吧，怯懦的人！

从窗口走过一只猫

多少时光逝去
多少盗贼得逞
多少苍茫的心事烂在山中
有一扇窗我至今未开
有一件事我至今记得

那天阳光明媚，我还喝了点酒，躺在一片不知名
　的土地上，缓缓地睡去。

秋雨

帘外的雨从早晨落到了黄昏。
我像一只老鸟，读书礼佛
整理湿淋淋的羽毛
藤椅里的人形迎合着肉体
一种骨折的声音不断传来。
夏天过去后，慵懒得
够可以的了
风吹前额，失败的乐趣盖过了头顶
而要等的女孩正要敲门
——白纱衣，初中生
　　让一个中年人辅导近代史

玻璃和舌头让我们互相看见

该安静的时候你牙齿紧闭
岁月的阴冷从齿缝中溜出

你为我讲解在郊区的生活
间或洒上一些性感的词语

我喜欢这种略带混乱的生涩
它曾是我青春期的宗教

还有自你体内散发出的味道
那是一种成熟的枇杷的清香

我试着在黑暗中伸出手去
碰到另一只手使我暗自惊讶

我以为我们之间隔着玻璃
其实只是一层紧张的空气

暗街巷，红茶坊
脚下的土地越来越软了

考虑到雨季不久到来
我伸出舌头，为你种下罂粟粒

鹬

那一晚，我们坐在海边闲饮
谈论着诗歌和南方的天气
海风只被用来听，一种
相应的闲适亦映衬其间
像一件正在滴水的内衣

从酒吧出来后，我其实已
不再是我，但你好像还是你
半夜三点，敲开流浪歌手的门
用一把失意的吉他，弹奏
略带大麻味儿的广陵散

夜色变幻着一群微醺的革命党
我其实依然是我，你却不再是你
是一只长脚鹬，轻轻落在我身边
伸出舌尖，吐出某种珍贵的东西。

位置感

小雪，小得有些无能为力
早晨它不来，临近黄昏
提着灯笼突然降临
我躲在黑暗的房间，看人来
人往，他粉红，她翠绿，她
刚刚发育，都有些湿了……

小雪，继而是雪雾
街车昏暗，挤满了乘客
而我又在哪里？减去雪
减去雾，减去玻璃和窗户
再减去三分傲慢两分孤独
一半的我像个不存在的幽灵
飘浮在空中的某处

满足感

他们从楼群的阴影里
往外推雪
一趟趟地，用独轮车
干了一上午
中午收工时，喜滋滋地
看看地上，一片水迹
一枚羽毛
阳光下，雪是
最轻的物质，他们的劳动
接近于虚无

江湖之远

清瘦的身影

在春香院的二楼

越陷越深

窗外细雨飘洒，黑暗

裹紧了天空

小巷积水闪亮

妓女们喧闹着

出来洗脚

四周陈旧，花香太深

有一枚果子悄然落下

掌灯时分，小二送来酒饭

一个人，读杜诗柳词

喝酒，微醉，到天明

那布衣草履的使者

正自千里之外

穿越茫茫平原

刺青

一八四八年秋天，易北河的霜冻
开始弥漫，一个叫巴枯宁的青年
突然宣布　爱上了全世界
他热衷于短途旅行，穿梭在
平静的大师和哮喘发作的天才之间
像一只收集病菌的老鼠
播种革命的火种，掉弄灵巧的概念
将王宫搞得惴惴不安
他兴奋，他战栗，他表皮敏感
自恋得发狂，自画像就画了四五张
在莫斯科，他尽情施为，将平和的学生
感染成时代的异端
他与友人为敌，让温柔的部分心烦
在身边的朋友　就要失去的时候
他才露出天真的鼠牙
他有一颗精确的心脏，亲自测量过
十九世纪的海床。他聪明自持
以偏激为尚，是个不可靠的向导
别林斯基死后，他就是老大了
那个短命的天才，死在警察动手之前
与大师同道，难免走乱步调

现在，他终于可以独步街头，悄悄露出
左臂上的徽章。这肉体上的印痕
是他最后的一招，革命者星散了
他开始靠近火炉，以喝茶开始，以做爱结束
鼻孔里飘出烤肉的味道
有一次他偶然瞥瞥窗外，大雪飘飞
世界被草率地遮盖，铸铁的街灯下
站着两个耳语者，他听说他们都还活着
屠格涅夫　和赫尔岑
但他希望这不是真的

她有美丽的骨头……

她有美丽的骨头，一小块隆起的肉
她有眉间痣，手心里有个和尚

她有一耳朵诡计，一嘴巴坏笑话
她刚才站立的地方，叫地铁前站

那棵树下，阳光倾泻
一片灿烂，有人轻轻喊出她的名字

非常爱

我爱这个女孩
一小块一小块地爱
她太小了，张开双臂就能飞
她太美了，我找不到她确切的肉体
我们在做爱中相熟相知
在接近中寻找合适的距离
有一天当我离去
她的身体突发了雪崩
其中的一块，当着我的面
被斜斜地切下
那是作为情感生活的
肉瘤。

肥大的

如此迅速，仿佛扯下一片黑暗
她在暖冬的窗前
脱下餐具般的外衣
多年不见，将她解开已非易事
硕大的形状让我吃力
但这只是其中的一部分
更深的真相藏在内衣里
那一天，我们迅速地拥抱
迅速地性交，迅速地达到高潮
如此迅速，仿佛十年来
早该如此，而不是等到变老
如此疯狂，她甚至不需要一个
恢复期
窗外凋零，那是季节发生的秘密变化
相对无言，只是灵魂从孤独中离去
而不是肉体流下了泪水

叶片

有一天，你们在一场午后的
暴雨中做爱，如注的雨水
倾泻在石板上，沉闷的噪音
和着碎石上噼啪的节奏
你们将全部的力量灌注在
两副器官上，包括爱，包括恨
啊，那么长，那么长的
一个闪电，让两个肉体平息，疲软的
欲望缩回到寂静里，连心脏
也像钟声一样缓慢
此时，一枚宽大的树叶从窗前
飘过，像一个短暂逗留的叹号
告诉你，有什么值得留恋。

一小部分

我爱你，但不是全部的你
我爱你被微风吹皱的那一寸肌肤
我爱你眉间拂过的那一点笑意

我爱他，但不是在街心公园撒尿
回家打老婆的他，我爱他对孩子展露的
那层皱纹，我爱他皮鞋上的灰尘

我爱国，但不爱那个国
比如今天，当我在家里对着一只狗
朗诵，我承认我犯了寻衅滋事罪

我爱人，但不爱人群
一旦远离人群，我才会爱上
这个人间的一小部分——

一个女孩，弯腰捡起
地上的发卡，颈项间露出
精巧的内衣。

酸甜

她头发湿漉漉地
从浴室里跑出来
找浴巾
你已熟悉她身体的
每个部位，就在刚才
你们还躺在同一张
床上，而她依然
像少女一样惊慌地
用一块浴巾
将自己裹起来
然后才心平气和地
坐下来
与你共享
今天的早餐

撞击

她哀求着，让他
撞击自己
撞击，像两台机器
代表着一种无法释怀的
仇恨，代表着爱
向一个空洞的
顶点
撞击，直到
她突然
坍塌
爱在一片废墟中
悲哀地升起
又降下。

电子茶

她要请我喝茶。
此时，我窗前的雪
正在融化
她要请我喝茶。
隔着几座山，几条河，几只
乌鸦的路途
她洁净如风，坐在窗户里
勾兑一种新型的电子茶
女主人声名远播，美丽
亦无暇闲置。她的茶香
略带体温，夹杂着
艺术的芥末和灰烬
暧昧的概念也融入其中
在一个冰冻的降温的
天气里，我洁净双手
足不出户，等待一场
素昧平生的下午茶
等待那浸泡着抒情文字的
茶香，随暖流北上
堆积到我的窗前

几种变化

我花了一整天的时间
用来虚构两句诗

一只小虫飞来
它诱使我猛击自己的脸颊

我的右腿麻木了
左手也受到了牵连

来过的人又走了
我跟一个孤独的人诉说快乐

她带着歉意离我而去。
她要专程到咖啡馆去感受孤独。
而她新婚不久，面临新生活。

那不曾接近也不曾离去的
我称之为兄弟

举着灯的人在黑夜出神
热爱历史的人回到家中

当初是一群人，现在就要变回一个

但有一种变化从未被我发现
它隐身在生活的背后
那是岁月在改变自身

浅海湾

——给妻子

我们踩着海鸟羽翼

折射的光线走向海滩

在黄昏的小酒馆中

等待涨潮的消息

薄雾从海湾升起

阳光滚下铁皮顶，穿透

日常生活的细沙

身上现出多余的盐分

榆木桌上堆满深海的鱼虾

想起那些成功的男人

将涉世未深的女孩拖进

深水区，这时代的小闹剧

并不让我们窘迫

我们从生活的深海里来

学会了顺从和浅尝辄止

在浅海湾，支起简易的凉棚

并满足于这没有风浪的生活

起风时，我们开始离去

同时看见，半岛的另一边

群山、树林

蔚蓝的屋顶炊烟四起

耳轮
——写给我的儿子

大雪停住了。我们踩着冰

从幼稚园回家

黄昏来得早，我的儿子

在他四岁的年龄，已经可以理解

融雪的概念

一前一后，碎裂的声音

在追逐中被遮掩，几乎听不见

仿佛生活不曾发生变化

那幼小的身躯，是离我最近的倒影

他前程远大，而我已到了

可以体味风俗的年龄

就在下雪时，我还关在家中

把音乐打开，将生命精确到

每一个时辰，让衰老的时钟

突然间窒息

像那雪中的景物，被清晰

冻结

窄

早晨起来后

没说一句话。

不上网，不读报，不偷听

邻居的谈话

嘴唇越闭越紧，牙齿

在口腔里生锈

身形陷在镜子里

保持着厌食的习惯

五月的噪音

从门缝里挤进来

夹杂着尘土，和可疑的炎症

世界在外面发疯了

但生活是另一回事

看镜子变暗，纸张变旧

打开窗子，是一片窄小的天空

有鸟群掠过

水泥的屋顶

飞也罢，光阴虚度

也罢，告诉我，谁能够

穷尽，

超脱，

蜕变

这无聊的时代

未成年

午后简洁的阳光缓慢
对面阳台的女孩
蜷缩在阴影里午睡
阴影压在身下
亚麻的床单铺在地上
刺果滚落两旁
那是蚂蚁拉来的午餐
她四肢酥软
安睡在短发的下午
和情欲的十七岁
她只是青春短暂的主人
小乳房像发达的胸肌
松松垮垮的短上衣
露出有限的阴凉
和未成年的曲线
她嘴里咀嚼着
一丝烟叶，情绪不振
等待那无法摆脱的漫长
如果能够继续厌倦
她选择将头发染黄
如果能够持续堕落
她选择低空飞翔

家族病

因为距离对目光没有用，你就走吧
早晚自会回来，像早年消失的
那些幽灵，又回到我们中间
带着暗疾，让我们感受威胁
然而我知道有一种方法可以
将此折断，让它在风中弯曲
那就是遗忘。最深的遗忘，并试图
在遗忘中取消善，也不再提及恶
相信风自有其办法，因为要拯救自己
就意味着走得更远，也就是
在风中消失⋯⋯

猛禽飞过城市的上空……

——给浩波

它静止不动
是一切噪音之上的一种宁静的蓝

当它展翅飞翔，便带走了一切重量
使一面墙也变成了汹涌的海

看到这尘世罕见之美，那些鸽子不免
尖叫起来。它们将考虑重新生活

我是地下室弯腰驼背的囚徒
鹰的黑暗的投影从我身上轻轻掠过

我的双腿卑微如鼠，我的心
往左边动了又动

京津道上

像是黑人回到非洲，我乘上火车去看你们
回来时带着醉意，却忘记将孤独留下。
归程进入冬眠，胜过醉生梦死
疾风驰过旷野，将温情的鸟巢冻僵
仿佛赤裸的狗心，重获平静已非易事。
哎，多年来，当我独坐窗前
想起那一次次返回——

    天才当道，我终未将自己的才华放弃。
    我的朋友不多，彼此视若兄弟。

辑三

黑暗传

雨前书

雨从南面转过来，下了一阵
又走了，去了大连湾、渤海，日本
我坐在一个小小的阳台上，抚弄着肚皮
像一只井蛙，用卑微的内心，见证着昏暗的天空
和低飞的鸟群
用盛大的怜悯，默念着非洲的青山
和黑暗的约旦河

黑暗传

我曾在黑暗里写下：
鬼，你出来吧
不要藏在我身后
做鬼脸

于是它大摇大摆地走出来
带着标语、口号、邻居和警察
同时扯下一片光明

读《辋川集》

身体在清风中虚胖，皮肤
泛着银光，一抓
一把纸空气，像小小的烟灰
我的朋友
在陕南玩鸽子……

如此年轻
就想隐居起来，毕竟不是
好事情
赶紧戴上面孔，上街
听市声，读晚报
买二斤栗子回家

玻璃上的雨

一阵小风之后
窗帘微微吹起

雨落在屋瓦上
雨落在自行车上
雨落在夜里

那滞留于玻璃上的雨滴
像一群飞蛾
被台灯照亮

我看见孤魂一闪
一张美丽的脸
她在我身后
仿佛已多年

雨季开始了。

滴雨巷

Ⅰ

锡纸闪动的黄昏
飞絮连同瓦砾、石头
流水在行人的脚下变脏
最后一盏灯还没亮
某种危险潜藏着
书记们在楼上开会

Ⅱ

我开灯，以便捕捉一首诗的残片
一只蛾子飞过来
它并不是我要等的人——
飞翔的东西无法改变自己，像一粒微尘
每天都有新的死亡
而我期待着重生

III

昨天
我从一个地主的宅院回来：
清静，谦让，知足知不足
让一种风度复活
清风
淫逸……
适合与一个体弱的人
同吃、同睡

IV

我的朋友
要和我谈谈厌世问题。
对付一个美女，他有一百种办法
现在，被一个骚货牵引着
他做爱做到了恶心
味蕾连着尘埃，器官连着悲哀
我多么希望他能成佛啊
而对此，我们又知道些什么

V

我曾在这纤细的巷子里生活了十年
体味着岁时、风俗，抵御不时涌来的晕眩
说不清这是尘世的愉悦
还是灵魂的孤单
漫长的中年尚未开始
——"殆尘事去而诗境益廓清乎？"

火车：给小尹

脚下的那列火车
呼啸着开过去
它走了
而我们还站在原地，佛在塔里，鬼在坟里

小尹，你在想什么？

我想，只有这种方式可以让我们远离羞愧和沮丧
开过去
像一列火车那样
它走了，留下空寂

2004 年夏天的无题诗

——给老金

驱车驶过港湾，在一片
堆满废铁的滩涂地，我们终于看到了海——
疲劳，遥远，一群人从白雾中走开

他离去时，带走了伙伴们灯芯绒般的心
当他归来，仿佛浑身是铁
——此事也可暂且不提。

自卑的人可以记住很多往事

他说他曾在一个饭局上见过我
当时他一言不发，像一头温驯的
家畜，坐在一旁听我们闲聊
都谈了些什么，我早已忘记
只有他还记得，时隔多年，他说
我们当时傲慢得像一群傻×。

异动

我在网上读一个朋友的小说。
作者写的是烂掉的青春和嚎叫
她最终得到了满意的性交
小说里还写了几个人物
他们在这个城市的地下生活
哦，就在我的眼皮底下
那么绚烂，那么愚蠢
有一股劣酒的味道
我读得有些吃力。一天到晚
我待在家里，紧紧捂着心
"因孱弱而梦想着美德"①
阳光落进了水桶，墙角的阴影
在一点点变化
窗外柳絮飘飞
犹如暮春的一场大雪
我觉得自己太老了。为了重生
必须有一种刺痛、一段遗弃
和一部《古兰经》

---

① 加缪语。

凶手的酒

他喝一种安静的酒
在杯弓蛇影中频频醉倒
这酒，喝到了黄昏
苍蝇馆的雨
也在灯下紧张起来
我想着那桩乡下的案子
衙门、巡捕、乡绅的小妾
那么他就是那位古代的侠客
在滴雨的客栈
清算前世的恩怨。
州官杀人，百姓放火
从我的角度看，他不像是个
坏人。香烟在烧他的手
烈酒在烧他的心
我说，跑吧
兄弟，快跑！带上
你黑暗的脸
和厨房里的那把刀！

世间事

关于世间事，你又能知道些什么？
就如同你爱过的人
此刻正躺在另一个人的身旁
用同一只手，摸着相同的肉体
说着相似的情话，散发着相似的气息
就像你和她曾经做过的那样，而
自那扇窗户射进来的同一道光——
那光也曾在某时某地
击中过你。

和儿子，一阵风

一个小人儿，蹦蹦跳跳从斜坡上
跑下来，寻到我的目光
再次冲向另一片草地
黄昏的光线被他牵动着
一种临近天堂的颜色
目光在线绳上滑来滑去
像是一段回忆被重新提起
微微的，一阵风，犹如
弦乐里的尾声，我的小儿子
已将风筝放进夕阳里

儿子，希望你不再是一个孤单的人

小儿在背诵古诗
像做一件平常的游戏
其中的含义他并不理解
老爸的诗作他更是有所不知
我能写那与古人相通的诗句
但与儿子分明已是两代人
他的游戏我看得太过严重
我的心思他从来不懂
他还没有学会爱别人如同爱自己
而从前，我也曾是一个孤单的人

去通县乡下看望小郭、红旗

我想和他谈谈，拍一部电影
到底需要多少大米

他们出门去买烟。

我想和他谈谈，从乡下搬回城里
到底需要绕过多少路

在一个露天酒吧，他满足于虚构
一种武器：一个巨大的屁

足够大，浓缩成固体
放进瓶子里……

空空的街衢
应和着这个顽皮的把戏

我还想和他谈谈，为何要将孤立的站牌
存放在家里

"鲁东—湘西"

与某人坐谈一下午

他说，贫穷没什么不可以，现在只是到处走走，
不想做什么事情
他说，五十岁以后就回到乡下，盖几栋房子，娶
　一个小妻
他说着还打了个比喻，就像
地主一样，让一种孤立的自由成为可能

这时候，一道金色的光芒被玻璃分开
奇异的喜悦在黄昏里生成，但没有发作
成功的失败者怀抱着相似的梦想——
尚有十年可期，尚有半生虚度。

妈妈，你来救救我……

风将门打开，又合上，夜雨
在路灯下飘洒，带来秋凉
世界在雨中打着哈欠，而我
却越睡越清醒
起来，给老妈打个电话
她说，院子里的鸟巢落了一地……
儿子的梦呓，带来生活的压力
临近中年，前程在折磨我
能够放弃的已经不多，能够得到的
均是未知。昨夜的一次占卜
也在瞬间变得暧昧
如这场大雨，模糊了玻璃，看不清
里面的白，外面的黑
妈妈，你听到那知了的叫声了吗？
那么急迫，像是一场崩溃……

有些东西是悄悄死去的……

这个人肝坏掉了，临终时像只黄色的潜水艇
医生将他身上的管子拔下，像在拆卸一架机器
他走了，不能再回来，无法说话，无法回避
甚至无法将阴茎藏好，无法把日记烧毁
哎，可怜，可怜旁边还围着他的亲人

你见过死鸟吗？你见过死去的蝴蝶吗？
蚂蚁？蚱蜢？或任何一种涉禽？
有些东西是悄悄死去的，找一个
安静的角落，聚拢羽毛、触角、尾翼
悄悄地离去，在大地上消失
如其悄悄地降临

种子与根

她每周上班五天，教教孩子
与同事聊聊天，应付下领导
周末，按时代的教义，休息两天
弄弄阳台上的花，养只狗，过个
休闲的周末，不富裕倒也自得其乐
生命像墙上的钟，循环往复。

而你似乎每天都很忙，忙于虚无
忙于在空幻的人生中摘取果实
你希望每做一点事情，上帝就能
赐你一点粮食，一点点就够了
就像给大地投下一粒种子
就像在一首诗里埋下晚年。

有一点薄薄的小雪……

有一点薄薄的小雪，我来到
这城市的边缘，河流安静下来
枯草和树权间的太阳
被冬天的风严厉地折磨着
一片荒废的土地，几只狗，铁皮房
一个孩子在灰色的烟雾里玩耍
在一片沼泽地，我看到一座新坟
像一只处女的乳房，一点小雪
覆盖其上，残缺的木牌上写着
"爱妹某某之墓"，城市的
打工者，死无葬身之地
静静躺在水中央……
我仿佛听到她在地下的呼吸
透过城市那震耳欲聋的喧嚣

深秋进山

清澈是因为有人开始尖叫起来。
转过一道弯，落叶胜雪
黄昏凝滞恍如细沙
细流奔下斜坡，有如
小雨下了一夜。尘世仿佛
已经靠不住了，看她们兴奋的样子
好像天黑之前就能到达
所有的罪过都可以原谅和清洗

我被这乐观的情绪浸泡着
一个身影在高傲地前行，另一个
跟在屁股后面絮絮叨叨
不停地责备着自己

最后一行

我看见窗外走过一个孤单的身影
细密的小雪落在他的头顶
他走得杀气腾腾，仿佛去追索一条
欠债的命

当降雪成为一段背景，那个人
又踅回到我的窗前，他走走停停
面露喜色，仿佛听到了天上的声音

唉，这来来回回的人生啊
我轻叹一声，重新回到
暗处，写下今天的最后一行：
无法预测的命运。

你呀你

夜静下来。小巷里的雪
扑打着路灯杆，一个夜归的
幻影，替你体味那严酷的清寒
一种寂静的虚无正在杀死雄心
而雄心又在连环杀害一碗热粥
是不是在退居的路上过于乏善
你的手上没有血，但还是
洗净爪子，人见人爱
那最终刮到你身上的一点
雪末，仿佛黑暗中传来的警告
严厉的，可以忽略的
你呀你，不必欺骗自己，回到
你最舒适的位置上，坐下
吃这丰俭由己的晚餐。

辑四

自画像

乡村史

德宗三年，英军行于沪宁道上
湘乡薨，举人们忙于作挽联
王二忙于在小亚麻布衫里捉虱子……

……那秋日的雨，一直下到今天
一拨又一拨的愁云，仿佛秋天的心
风物冰凉，小流氓也感到无聊
庄稼慵懒地长着，麦子躺在瓮里
张家的门紧闭，李家的狗
学会了沉思
一些人在廊下支起桌子，打牌
其中就有我死去多年的爷爷
闲暇贴在睫毛上，鞋子逸出了脚面
有人打太极摇扇子
有人读《论语》说废话
有人登高有人纳妾有人偷欢
偷到了心烦。还没到时间
还没到结党营社读《水浒》的时间
还没到磨刀自渎写密信的时间
还没到张灯佩剑孤独自饮的时间
还没到时间，雨水泡在雨水中

村长泡在寡妇家

粮食还在，灯绳还在，裤脚上的泥泞还在

民国远去了，还没到

重写的时间

没有

没有耸立树颠的塔尖。

有树。没有朝上的烟囱。有烟。

没有为乞丐敞开的门。有乞丐。

没有映照沟渠的明月。有沟渠。

没有祖母手中的针线。有祖母。有孩子和

孩子的哭声。没有猪拱开的篱笆门。有猪。

没有礼。有钱。有权。有病。

"不要被你低水平的对手扼住……"

我不与小人为敌，事实上，我喂养他们
以绿叶、笑脸和洗净的心
我从敌意里吸取力量，小小的敌意
存在于小小的心脏，在一个无聊的时代
像一段小夜曲，出入风议
非但没有令我不快，事实上
还带给我无穷的消遣。夏虫
不可以语冰，小敌意
不可言及大信仰。我在等待
那存在于空气中的敌人，它之大
笼罩了大地，每一次呼吸
都能体会到耻辱，直到有一天
我从那庞大的黑雾里抽身出来，一个
敌人的形象才凸现。我站在
一堆偏见之上，一堆庸俗的枯骨之上
才将它看清——一团
巨大的黑暗，在一个方向上
生成，像雾，带着怦怦跳动的
心，它没有脸，周身布满了
幻听的耳朵，同时还带来
窃窃私语的革命者，在咖啡馆的

雅座上，沾染着麻醉剂的气息
笔杆摇落之间，如街谈巷议一般……
不，这不是真的
革命来自远方，深处，底层，那一群
不要命的穷光蛋，听说　他们才是
期待已久的敌人。

德安

一次，一位陌生的朋友

给我寄来一封信

他说，很久未去

德安山中的小屋了，但听说

他刚做出了一批新的漆画

德安，哦，一个

从未谋面的诗人

住在遥远的山里

做一种无关心灵的

手艺，这有些失真

去年

冬天，在北京街头，听说

德安刚刚离去，从纽约

到福建。我请老金

转达我对此人的

敬意

因为，两个害羞的人

互相找不见

两个骄傲的人

老死不相往来

进去

那时候，我还在南方
测试商品的温度，他进来
找我们，没有目的，没有话题
只是告诉我，他的名字改了
不再叫某某某，而是一个
更加雄壮的称呼。我接过
他递上的名片，看上去
一点也不像个革命者
那么，有什么打算吗？他问我
我话还没说完，他已转身离去
没过多久，就听说，他
进去了，因为参与一项公共事件
我心中一震，突然想起那次
见面时，他似乎已做好了准备
一件邋遢的衬衫，落魄得
就像民国初年的某个人
有人说，他的妻子很漂亮，他也
不缺钱，真是可惜了，云云
我只记得，那是五月的一天
天气潮湿似有暴雨降临

回忆录片断

当时街边还有两个孩子而他们
已经开始射击！
多么恐怖啊现在我确信
刺史们的一生终遭报应
那流放者的信注定无处可寄
多少年来悲伤哽在咽喉
多少年了我不再一个人
将异国的烛光剪亮，让它哭
让它流泪……
某些东西被我们忘得好干净！
那两个孩子怎样了？死变成
静默，大街上挤满了幽灵的附体
我梦见那故国的枪声里
也已长出了玫瑰

无题

一群人从窗口走来走去，我
不为所动。抽烟，咳嗽，发呆
将一本打开的书重新合上
几次发现道理无处可寻
几次发现问题没有答案

几次想起死者的脸
几次听到告别的声音

再也写不出轻巧的诗了，除了爱；
再也写不出沉痛的诗了，除了恨。

无题

烟灰吱吱燃烧。我想要的大力
隐藏在它废墟的体内

用最原始的爱，对抗生活里的毒
用树皮，使劲抽打一棵树。

将军们在叫嚣：牺牲掉东部十二省！
一支溃散的军队——来自北方庄严的鸟巢

广阔的大省敞开她肮脏的内脏
内陆河押运着寒冰：凹陷中的一丝柔和

我想起家乡的冷和碎，土坟一座连着一座
死亡的意思是：就让一切推倒重来。

在帝国的边境，出逃意味着返回
不断返回说明尚有一个母亲可以践踏

践踏呵，践踏，那嘴角上的敌意
有我们黑暗的精神。

各自的命

风中走着各自的命。
霜雪枝头，成群的灰雀
组成简单的家族。
风中走着各自的命。烟囱
自房顶滚落，一张张模糊的脸
从白雾中走开。
那委琐的酒徒，瑟缩着
在给一辆自行车打气
眼底露出　鹰的绝望。
风中走着各自的命。生活
像溃散的绷带，找不到
结实的伤口。雪迹被践踏
寒意结成了冰，爱来自
乌有之乡，自由而无望——
它成长，像蜂巢，虚构着
越来越深的灰。

在这里

在这里，一年嫁接着一年
我独自待着，并假定
那一床的书对应着道路
那措置的竹子
对应着思想，这一切
很重要，仿佛孤单对应着最终的人群
仿佛四边形支撑着我的墙壁
窗外，像一个目击者在呼喊
这些油焖的大虾，残酷的断臂
这繁华的道路，每日每夜
在你眼前寂寞地展开……
我庆幸，我依然能够
触摸这个世界，隔着玻璃
并拥有片刻的动容。

婆姨

一只纠缠不休的马蝇
为的是不让马休息

小巷中的辩论者苏格拉底
为的是不让雅典城休息

她在爱中要求被爱
为的是不让婚姻休息

"哦，克里托，叫人来
把这些女人弄走!"
苏格拉底最后说

她们大喊大叫，为的是
扰乱这个思想者落日时分的宁静

蓝天里

"墙会让人生病，尤其是
监狱的高墙。"
这位出租车上的政治家
一路高谈阔论
"但没办法，墙是世界的
一部分。"在红灯闪烁的
路口，他指给我看
一座巨大的监狱，已改建成
人民医院
四角的岗哨已经拆除
唯有那铁丝网的院墙
露出往日的空旷与威严
"那一年，我也曾
进去过一次，罪名是
流氓犯。"
我看他脸上的微笑
仿佛一个逃学的学生
说起了自己的母校。
绿灯亮起，电唱机里
传来说书人的一声惊叹
蓝天里飘着一朵浮云
高墙仿佛它尘世的投影

新雨后

雨停，天空
化作一块块碎冰
如咬合的齿轮
隆隆作响
在滴答的雨水中
一枚落叶
改变了纤细的
蚁路

上帝，你是说让我
去爱吗？

泥泞的
铁路桥，流水映现着天空
一个盲人在摸索中
微笑，仿佛世界
尽在他的掌握
此时火车
隆隆驶过
完成最清晰的穿越

上帝，你是说让我
去爱他吗？

小学校的门前，成群的
汽车乱作一团
那一张张骄纵的
小脸
悬挂着父母的表情
在一副灰色的背景里
我看到一条红色的飘带
系在了孩子的脖颈

上帝，你是说让我
去爱他们吗？

空气里有集体的味道
雨被弄脏，传递着
悲哀
这没有爱的
冰凉的人生
在一张静物里渐渐炭化

别理会那些坏蛋……

春风提着雨水的刀子
四处寻找冬天的仇人

不要被他的忌恨激怒
不要试图去制定一部法律

树林为一只鸟巢聚拢起来
集体不过是一堆垃圾

信仰曾是非信仰，凡·高被逼死时
他们在纸牌中寻找命运的游戏

此地

票友们的尖叫掠过剧场
小小的曲艺培养出三寸长舌
每当我试图与一棵树
扎下根来
总有盛满清水的酒杯投来阴影
居民的笑声来自一捧一逗之间
此地不可名状。
我常想起那些南方的梧桐
高大的树冠翻卷着火焰
济南市，广州城——
我独来独往。

诗人在什么情况下大于知识分子

大片的雪追上他，他转身：
一张空白的脸，笑

不再拒绝，他在雪光中
领取公共食堂的晚餐

我只有将心跳的音量
调小，往呼吸里掺点冰
往思想里加点忧郁
那同行者的狐步
已消失在大众的围栏
路，因此也可称作
无路

仿佛周树人也可以是周作人
仿佛先锋也可以是倒立

1895 年，保罗·魏尔伦可以去死了

保罗·魏尔伦，以他
一生的酒，混乱的性
他的兰波，他细小的阴茎
终于活成了　一个老混蛋。
就目前而言，一切都
无所谓了，健康已经离去
桂冠已经腐朽
十个墓穴等着他，十个天使
洗净了屁股
他可以去死了，正如
老友所言，他已从贫贱之物中
淘得黄金，他承担起了
一个梦想家的
全部厄运。

袁子才好色说

说的是
明清之际，再加一点
魏晋宋元。士大夫们
忙于语病，被帝国辞退的诗人
忙于聚书归隐
陈酒加雪，小楼寒梅，茶壶里
是煮沸的中年
戒得了官却
戒不了色，袖中藏着
一枚月亮，怀里藏着
一个小娇
寅时的乳房
午时的蜜
钱塘苏小是乡亲
徐州小陶，江干张郎
美人下陈，殆不止十二金钗
然繁华人有
寂寞事，粉黛成行
谁能解语？花团锦簇之中
唯有伶俜一人
而已。

最近在干什么
——答问

最近在思考。呵呵，有时候也思考
这思考本身。而这正是悲哀的
源头，也就是说，我常常迷失于
自设的棋局

有时想停下来，将这纷杂的思绪
灌注进一行诗，只需一行
轻轻道出——正是这最终之物
诱惑我为之不停奔赴。

下场

他像一个牵线木偶
在四月的阳光里蹒跚学步
半个身子倔强，半个身子
灌满了体制的水泥
去年，他还坐在主席的
位置上，戴着面具
对世界发表废话
粉墨登场的
那一刻，他可没有想过
会以这种方式收场
刚刚有人　代表组织
给他下了结论
光荣的、正确的、革命的
一生，如今，求生的本能
代替了他一生的信仰
他决定从床上
爬起来，不能让那些阴暗的小人
太过得意。他心里明白
一切都已结束
他未竟的事业，只是
练习如何走正道

刚刚，在小区里
遇到那些陌生的老邻居
他还有些不自然

胜算

她站在岸边的一棵垂柳之下
双手高举，不停地抓挠着
从她脸上流露的光辉来看
她似乎得到了某种神赐。

每天清晨，被儿媳骂出家门
她把一天的快乐都耗在这垂柳之下
柔嫩的枝条被一阵清风吹拂
也拂过她花白的头发。

"柔和能免大过。"
她头顶的柳条如是说。
活着，顽强地活下去
这是她唯一的胜算。

蛋疼

他们把小公牛捆牢在
两棵大树间，蒙上
牛头，捆扎好牛卵
用木棒轻轻地捶打
直到它肿胀得
像一只母牛的乳房
才牵着它一圈圈地遛
以免那卵蛋坏死在双腿间
——那几个男人，也曾经
如此被押去乡村卫生院
用一把计划经济的小刀
切断多余的睾丸。

完整的一切

她在推车上坡，后面跟着
她的男人，像一头倔强的公驴
既不吵闹，也无哭泣，沉默统治着
她的全家

这位先生，时常在黄昏
出现，衣帽整洁，头发左倾
冷漠的骄傲清晰可见
退休后的生活让他无所适从

拥有贫穷意味着拥有了沉默
更多的权力就像更多的哀愁
太阳照耀着盐，也照耀着地上的
垃圾，所谓救赎，如同北风中
柳丝间的一丝颤栗

睡眠多么艰难

睡眠多么艰难，啊
穷人何等冷漠
孤立得太过投入
生涯在苍茫中变老

是啊如果睡眠能够解开绳索
何不将衰弱的事物拥怀入抱
如果思想的快感来自堕落
何不将旧友推上斜坡

我的南方朋友
你在温水里的表情多像哀愁
我在风沙中露出的鱼眼
来自大海才有的风暴

失眠，然后醒来

失眠。试图忘记，忘记忘记
但总是不停地记起忘记本身
像一台永动机，循环往复。
黑夜被置入一团光明中。
滴眼液。一小团火苗在左瞳。
寂静中一只安静的老鼠。
就你能睡得着觉吗？你也配？
必须对这个黑夜负责。白夜。
我想我是忘记了关门、关窗？
黑暗入侵……慢慢，慢慢驶出
阳光，窗帘，清晨。
享受这种若即若离。

读书过冬

在一所没有暖气的房间里读书
严肃的思想让我浑身冰凉

外面是干燥的祖国，肖像挂在天上
一个党派有它全副的武装

朝阳的窗子里包含了所有的北风
树杈间的寒意里一枚湿漉漉的羽毛

城市，城市就在我的脚下颤抖
这是冰雪的时间，花卉在哭泣

那停止了哭泣的女孩，终于得到了
她悲伤的玩具，祖国乐于施舍

玻璃的外衣，瓷器的心脏
穷人的寂静制造漆黑的人世

遥远的友谊带来商品的温度
诗歌的威胁让我激动不已

鼻息深重的流亡者，在书页间
踏响窄窄的后楼梯

是谁赐给我粮食，让我苟活于人世

午睡过久，等于没睡
冬天来得太晚，我有些脚不着地

抬头看天，乌鸦一片
夕阳的教育无非是安静，安静

那在历史的酸雾中消失的先生
馈赠我坚硬的骨殖

那在墨水里浸泡的美德
如今也浸泡着我的心

窗台上挂着一双旧鞋子
那是去年山中的一段传奇

此地的银子在土里闪光
我弯腰，捡起一枚冬天的落叶

时代的扳道工，将一路高歌的兄弟送上迷途
他笔触停止处，我开始前进

我和国家只隔着一个小孔
在相互窥望中增加彼此的敌意

没有悲哀的，便没有胜利
所谓中流砥柱，无非就是停下

一年来，手被笔统治，笔被沉默管辖
是谁赐给我粮食，让我苟活于人世……

辑五

雪融冰

父亲和母亲

父亲在焦躁中
喂他的羊。那头羊彻底把他
惹怒了，他敏捷地跳着
用一根长竹竿
把羊往死里打

多么暴躁的一个人呀，在乡村
这简直就是一个奇迹。
有一天我看到，他狂奔着
在与一只乌鸦怄气

如果他有什么不如意，我肯定就是那
不如意中的一个。

母亲在从容地与邻居
讨论一匹布料，从容地
等待母鸡下蛋
从容地准备雨后的晚餐

多么缓慢的一个人呀，在乡村
这简直就是一个奇迹。

有一天，我看见她在为神庙忙碌
孩子们不在身边，她的虔诚更加一分

我想我会两次属于她：一次是出生，
一次是入死。

妈妈，您别难过

秋天了，妈妈
忙于收获。电话里
问我是否找到了工作
我说没有，我还待在家里
我不知道除此之外
还能做些什么
所有的工作，看上去都略带耻辱
所有的职业，看上去都像一个帮凶
妈妈，我回不去了，您别难过
我开始与人为敌，您别难过
我有过一段羞耻的经历，您别难过
他们打我，骂我，让我吞下
体制的碎玻璃，妈妈，您别难过
我看到小丑的脚步踏过尸体，您别难过
他们满腹坏心思在开会，您别难过
我在风中等那送炭的人来
您别难过，妈妈，我终将离开这里
您别难过，我像一头迷路的驴子
数年之后才想起回家
您难过了吗？
我知道，他们撕碎您的花衣裳

将耻辱挂在墙上，您难过了
他们打碎了我的鼻子，让我吃土
您难过了
您还难过吗？当我不再回头
妈妈，我不再乞怜、求饶
我受苦，我爱，我用您赋予我的良心
说话，妈妈，您高兴吗？
我写了那么多字，您
高兴吗？我写了那么多诗
您却大字不识，我真难过
这首诗，要等您闲下来，我
读给您听
就像当年，外面下着雨
您从织布机上停下来
问我：读到第几课了？
我读到了最后一课，妈妈
我，已从那所学校毕业。

第一夜

初中一年级，我第一次
离家，父亲用板车
运来一张木床
放在宿舍靠窗的一边
他那时正值壮年
我记忆里最年轻的一张脸
从未随岁月变老
他没说话，转身
离去，留下我一个
和秋季的口粮
夜里，我躺在
一个人的小床上
月光从窗口探进来
一种从未有过的安宁
我知道，童年
结束了，我将过一种
无父的生活。
从此，我再未回到
父亲的家
而是在集体里
一住十年

没事就好

给母亲打个电话
其实也没什么事情好说
母亲也从来不多一语
只是问一句：没什么事吧？
没事。
没事就好。
没什么事情发生
是母亲最大的安慰
就像岁月的静水深流
平淡而无涟漪。

委屈

某年，父亲在挖树时
砸伤了腰
我连夜赶回，他
躺在小床上，动弹不得
母亲站立一旁
为他乌黑的双脚涂药
我替他挖掉
剩余的树根，帮他的庄稼
浇水、施肥
回城前的晚上，把
剩余的钱交给母亲
让她留着慢慢用
当时鸡已上架，月亮
也不好
一家人安静地喝汤
沉默中，渐渐传来
父亲的啜泣
这么多年来，他还是
第一次在儿子面前
流泪，那种委屈呵
简直不像个父亲

母亲的众神

院子里住满了母亲的众神：东厢房的财神
西厢房的灶神，正房里的玉皇大帝，南房的送子观音
花篱下的花神，大树上的树神，水井旁的水神……
一只翩翩飞来的蝴蝶，你是何方神圣？
母亲双手合十，欢迎远道而来的家神。

杀伤

对我童年的心灵杀伤力最大的
是父亲自命运中发出的叹息
在我看来，那是人间最无助的声音
但是没办法，父亲要养活我们
他养了鸡，养了羊，还耕种着土地
但依然不够填饱那几张肚皮
为了买肥料，他必须卖掉粮食
如果没有粮食，我们会挨饿
但如果没肥，就没有足够的粮
为了买布匹，必须卖掉那几只羊
如果没有羊，我们就没肉吃
但如果没有布，我们就会赤身露体
他就这样拆东墙补西墙
在疲于奔命中唉声叹气。

半成品

那独自拥着被角哭泣的童年
来自你粗糙的爱，以及
一种精致情感的缺失
这贫乏的基因像半成品
但我一直坚持自己的脆弱性
以一种坚强的方式
只是今天想起来，依然有些
酸楚，像半生不熟的梦
这有多荒凉，父亲
荒凉得我想拿刀杀人
我们还没来得及好好打一架
父亲，转眼你就老得不成样子

自省

我似乎已到中年，影子短暂
肉体抽象，一纸一木
皆是教导。郑重地给朋友写信
向父母请安，数着盐粒过日子
想想，还有多少未竟之事
在身体里晃荡：为人谋而不忠乎？
与朋友交而不信乎？传而不习乎？
想当年，这小女子爱上我，大概
也不是因为我的贫困吧
我必须从墨水里捞心，给
金色的她，木质的她，一个承诺
还有绵绵细雨中的小子，当我
独自奔向呜咽的自由，他是我
尘世唯一的面孔。那远在
乡间的父母，我还要为他们
建一所房子，用砖头、木头、宽恕
和落日，这是必须的，作为儿子。

发小

你进来时，我正在母亲的院子里
修建一个篱笆。树桩有些枯朽
几乎不用锯子就能折断。
篱墙已成三面，再加一个门
一个简陋的庭院花园就建成了。
我并不常回来，你也如此
两个少年伙伴像秀才回乡
几年才能在家乡遇到一次。
互相拍了拍肚皮，胖了呵
放下手里的活计，像年少时那样
在村子的胡同里转了转
变化太大了，村子更加破败
而金钱正在统治着乡村礼仪
时光有些恍惚，当年学习最差的
几个孩子，也时常开着宝马回乡。
我还在写着与乡村格格不入的文字
而你在大学教授百无一用的逻辑学
当我们聊起共同的邻居维特根斯坦
又仿佛两个童年的伙伴从未曾走散。

占有

他在自家的小花园里
种满了各种植物，从春分到霜降
他都在花园里忙活——中间是两棵
柿树，一株梨一株枣，靠墙的一边
种葡萄，葡萄架下种芹种韭，种葱种蒜
总是梨花开后枣花开，枣花开后
葡萄架已成规模。"种得太密了。"邻居们
提醒他。到秋收时节，他往往只能收获
几串葡萄，几颗梨，几粒枣
但无所谓，他的目的似乎不为
收获，而是占有。于是——
他又在小花园的外围种上丝瓜、南瓜
在小区的绿地上点缀些蜀葵、紫薇
他的小花园越来越繁盛了，他却
突然病倒。秋天，他的老婆替他
收获了几串葡萄，几颗梨，几粒枣
还有几只柿子在秋风里挂着
红彤彤的，仿佛心有不甘。

垃圾人生

他常在深夜的小区出现
身背一只巨大的编织袋
嘴里哼唱着家乡小曲儿
就着昏暗的路灯，在垃圾桶里
翻找城市生活的下水
那些沉默的垃圾桶早已被
翻找过多次，但垃圾的妙处是
再翻一遍，依然可以找到
垃圾中的垃圾
他的一夜所得也许抵不上一支香烟
他的一生所谋也许买不起半间厕所
但幸福往往来自于满足感，而满足感
又取决于每个人内心的沟壑
也许他是幸福的吧，当他从垃圾中
又拣出一样垃圾，像一碗粥的诱惑
足以抚慰这垃圾中的人生。

肉食者鄙

将一只麻雀
用泥巴裹起来，埋在
灶膛的余烬里，放学后
扒出来，剥开硬泥，吹掉
粘在上面的羽毛、泥巴、柴灰
轻轻地嚼——小小的脑袋
嘎嘣脆的翅膀和腿
这是我童年吃过的
最美好的肉食
无论如何，它不同于一切植物
我吃掉过太多麻雀
从未想过这也是一条生命
主啊，宽恕我吧，我饿得
来不及去想。

童年教育

一场暴雨过后，我踩着一洼洼积水
去学校。有些大树被吹倒了，横在路中间
枝叶间的鸟巢碎了一地——这日子还怎么过啊！
父亲已经三天没回家，母亲披头散发地
躺在床上，灶上已经两天没有生火
家里静悄悄的，只有猪圈里的猪嗷嗷直叫
我早已学会在死寂中数雨滴，并希望世界就这么
一病不起，只要寂静持续，希望就会从中
升起——包括一再失落的希望，其实也就是
绝望。说起来有些心酸，但我就是在这无限
循环的微茫中学会爱的，包括爱虚无，爱自己
但我一直没有学会爱你，亲爱的，真对不起。

单眼皮

单眼皮，是一种爱
十三岁，胸部有了印象。

风吹她，她对称的两片
悄悄的，她的骨头悄悄的
手也是悄悄的
她走路悄悄的，在夜里
胆子很大。

她的乳房酸酸的，形状
像钉子，饱含着。
她坚持每天长一点
烦烦的，坚持了很多年。

飞翔的东西
都太瘦，毛也长。她都
瘦成这样了，还不满意
坚持把大街
叫小巷。

她不为自己瘦，为心情。

她开花时，我正在结冰，
我说我像一窝蜂，她不信。

1987 年，我还不是我，
她有她双倍的表哥和兄弟。
哦，胆战心惊的
初中生，中暑的性欲。

缓慢

七月，微风过夜，树冠
哗哗作响，延续一阵
急促的小雨
清晨，黄蜂飞舞的院落
梧桐遍地
我坐在檐下，养一种
积年累月的老伤
檐外，雨幕低垂
击打屋檐的雨水
流进西邻东舍
羊群在栏内漫长地咀嚼
干净的桌子上
一只下蛋的母鸡
柴房低矮，湿木耳
从窗棂上长出
鸽子交配，仓鼠积粮
一切顺其自然
午时，炊烟四起，一阵
素食的清新
寻找父亲的女孩
湿着头发，泥脚丫
自门前踏水而过

雪融冰

清晨，在鸡叫声中
醒来，冒着雪
去小学校，教室
昏暗，墙上一排
大胡子，瞪着
全人类的目光
我们在黑暗中
晨读，往手上哈气
课后，一阵清冽的
寒意，昨夜的雪花
已化作冰挂，从学校
到村庄的官道
成了冰凌的宫殿
我们被眼前的事物
惊呆了，仿佛那个贫困的
世界，已被冰雪融化
我们在冰中追逐
嬉戏，太阳出来之前
不准备回家

三个妹妹在天上

三个妹妹在天上，如同三颗星宿

冰河，闪电，空气，三个妹妹

来自命运的不同赏赐

我们曾度过的童年，仿佛

被黑暗遮住的强光

如今在我眼中闪烁的依旧是

你——

　　　影妹，爱哭、爱笑，爱电流的瞬间一击；

　　　欣妹，雪白、锋利，随速度驶入冰河；

　　　英妹，轻盈、神秘，吸入过量的毒气。

当雾色袭击我，虚无的繁殖

带来黑暗的统治

我看到在虚空中闪烁的

总是你，三颗明灭的星

渡送我，进入更加真实的所在

那里：你哭，你笑，你羞涩——

三个妹妹如同三份完整的童年

载

她躺在朽坏的木床上，那曾是她的嫁妆
上面铺着席子、褥子和黄土——她拉尿
在黄土上，如同回到婴儿时代
隔着薄薄的被单，她干枯瘦小的身子
像刚刚发育的少女。她让人每天擦洗
身体，干瘪的乳房，苍老的阴户
她要认真对待这具肉身，以让它载自己
最后一程——在旁边，一副榆木棺材
敞开空空的怀抱，像一个老灵魂
静静地等待，一点儿也不着急。

祖父的祖父去了哪里

祖父曾带父亲去祭他的祖父
当我稍大，父亲也曾带我去
拜过他祖父的坟，代代轮替
如今，祖父已经故去，父亲
也垂垂老矣，轮到我带儿子
去我祖父的坟上问候平安。
祖父的坟头圆润如少女之乳
但我确信他早已不住在里面
如那些消失的祖父的祖父们
风吹松柏似有一阵轻轻耳语
树杈间，一张蛇皮，空空的
风吹它，如一条斑斓的围巾

辑六

雨夹雪

雨夹雪

黄昏之后，雨势减弱
小雪粒相携而下

雨夹雪，是一种爱
当它们落地，汇成生活的薄冰

坐在灯下，看风将落叶带走
心随之而去

铸铁的围栏，一张陌生的脸，沉默着
将一点悲愁的火险掐灭

雨夹雪的夜，一个陷入阴暗的梦境
一个在白水银里失眠

下雪了

下雪了，但还算不上雪
很小的雪粒落在朝阳的屋顶上
甚至都没有留下痕迹

"下雪了。"一个电话打进来
她说的是另一个纬度的雪
她说的是关于雪的一次约定

思念使小雪有了形状。

聚集

冬雨聚集起全部的泪
湿漉漉的落叶犹如黑色的纸钱

一个男人在上坡，他竖起的肩膀
聚集起全部的隐忍

松针间的鸟，聚集起全部的灰
雨丝如飘发，聚集成一张美丽的脸

我站在窗前，看那玻璃上的水滴
聚集成悲伤的海

什么样的悲伤会聚集成力
取决于你的爱

童年虚构

大街拥挤的年代，我们
出生。童年被举上树
母爱是倒影
修改一新的户口簿
夹着一枚孤儿的奶瓶

五折的月光，七折的鱼
叛逆来自昨夜的厌食症
白天的石头，用来盛放泪
夜晚的长柄勺，用来舀孤独
我们在老年的怀抱里听潮声

……今夜你来，而他已去
冬季的雨滴不完
生平来不及回忆
一切都已死去，一切仅是象征
告别成为一个人的相聚

——地理也影响了我们一生。

老年虚构

雪在山上，树在窗外，名声在风中
白木桌子上是剩余的睫毛、油彩和睡眠
成堆的木材是其中最坚实的部分
失眠的大师在追寻他昨夜的面孔

你剪下白纸开始作画
简约的一生适合用铅笔来描绘
此时那灰发的叔叔正在敲门
一封信来自遥远的北方……

湖山虚构

此时微风吹起
游鱼不动
像阳光下的一段铁轨
一个小男孩
跪在新娘的背后
拖曳着长裙。那一刻
爱被短暂呈现
犹如我们
提着小巧的笼子
飞行三千里，重新找回的
童年。
影子重叠着影子
湖山虚构着来世
转身，转身，爱留在
原地
迎面而笑，仿佛相知
也已多年

狮子座的雨

今夜激越的北风吹送我的积雨云。

（请它押送我的爱。）

湿漉漉的落叶洒满秋天的大地。

（它也贴近我的心！）

最安静的心跳是风暴前短暂的沉默。

穿透生活的刀子来自鸽子悲哀的眼泪。

我为那看不到尽头的背景决定不再去活。

（让他去死！让他去死！）

爱的世界里是一场露出白骨的深呼吸。

清澈的眸子重新点燃起生活的死灰。

纷扬的表皮写尽我黑暗中奔突的狂暴。

（让她去活！让她去活！）

寂寞的黏稠里雷声突然响起，

语重心长犹如来自命运的警告。

我可以

如果需要暴力，我可以
将肉体的一半留下，陪你练习情欲

或将整个的心情寄去
让空虚与抑郁在生活里相互抄袭

我还可以砍断一段前程
并将那把兴奋的刀送给你

或者直接送上我的心，这样你的手
就会变成温暖的玉

我可以驱动四轮的风，吹散你
睫毛上的雨，如果你愿意

就让那雨直接洒下来，淋湿你
黑暗的心

如果你愿意，我可以摘下那
七岁的蜂巢，为你掏出生活的蜜

或者就让我消失，像月亮隐于云层
死鸟隐于大地

激动

当那隆冬的皇帝，脱去寂静的棉袍
激动，如老年之斑绽开的花朵

"请你来，帮我把梦做完。"
在冰中，冬眠也曾是透明的

一把巨大的剪刀，在天空中步行
——我差不多就是那化冰的空气

骄傲的雄尾，一枚色情的羽毛
从我的角度看，朕也可以是一只鸟

在耳中敲钟，清理关节的积垢
昨夜的快雪化作一两声咳嗽

梦境虚构

今夜，那沉睡了一冬的
乌有皇帝
带着独裁者的仇恨
将她掀翻在地
弱小的阴茎，饰着浓密的铁器
像快意的钢刀在她腿间挥舞

"说！朕的江山何人可及？"

今夜，我怀有三颗痛苦的心灵
河狸的爱，孔雀的碎舞
和蜥蜴的断尾
我们之间，互为因果
互为对错，互为爱恨情仇。

平原虚构

那么多人涌向字里行间，寻找替身
那么多人流落街头，道德孤立

如果风藏在袖子中，就变成了清风
你藏在稀世的爱里，会变成传奇

如果我也加入孤独者的行列，我就是个愚蠢的皇帝
如果连你都不敢活下去，你就愧对这三千年的美人

从窗户望出去，平原如登山
清风带着盲目，快步走过
哦，跟着我，我们是
愚蠢加天才，恐惧兼快意
是落草的小寇
和他的压寨夫人——

你全部的黑暗，全部的美
至今无人企及。

青衣

有时早晨醒来，看一眼窗外
就想迅速老去——

熟悉如同失眠，转身已来不及
疾风清扫落叶，清洗眼里的盐

坚持四肢冰冷，坚持一个人取暖
"亲近不一定是爱的最好表达"

一生的爱不够用来分，上身饲狼
下身喂虎，独留一颗青翠的心

你真绝，会演这样一场戏
不提也罢——像一段哀怨的青衣

雨意

初夏的细雨下了一天，空气
湿漉漉的，雨中独居时，总觉得
有另一个人就在身边，随我
一同听雨，呼吸，眺望
雨中旷野
当我醒来，雨意变浓
如同你的手在我的记忆里变凉

而那时的你，该是无邪的吧
当我看到你将一只脚
翘起在栏杆上
随斜风细雨来回踢荡着
一开一合的裙裾像蝴蝶的两扇翅膀
记忆如鳞片在雨中跳闪。

雨季虚构

当细细的雨声
落在夜的一角
穿越三省的迷雾
我们喝某人的残酒
树冠里的灯光
探出幽蓝的影子
醉意
在雨水中放大。
这没完没了的雨，洗亮
你的脸，为你改写
身体里的
家庭史
情欲，这唯一的救赎
空无一物
恐惧再一次
大过了生活
像那黑暗的橡实
在雨水中
变蓝。

站台虚构

那个夜晚，我们从玻璃的后面
走出来，树就站在那里
我望着你兴奋的脸，垂直地望着
你是在哭泣吗？我一边爱你
一边在延伸你的痛苦、羞怯、恢复期
有一阵，雨水像冰，从树叶上
落下来，打在我们身上，充满
甜蜜和危险，避世的念头愈加强烈
此时，车灯照过来，我看见一只惊恐的兔子
红眼睛一闪而过，像一轮下弦月
那么漆黑的站台，那么冰冷的人世
我们还活着，并且一起呼吸

热情虚构

深夜，皮肤和皮肤
摩擦感情的黑

而你是雪白的，白得
再无藏身之地

你是热情的，热得身上
没有一丝阴凉

太过分了太深入了太张扬了！
你一下咬住我的手臂

因为太过用力
你咬出了恨。

中途

她哭，她伤害我。
他笑，他伤害我。
她无动于衷，她伤我更深。
他轻轻一推，我倒下。

我倒在社会的小巷不得要领。

真理如此豪迈我在途中。
金钱如此笔挺我在途中。
军队早已撤走我在赶赴
战争的途中。

我在命运的中途耽误得太久。

途中：风景如此极端，
　　　死亡睁开微弱的眼睛。

银河虚构

夜幕降临了，八月的星光隐没于
大地的灯火，再没有一条河
可以让我们共渡，再没有一个
深度，让我们纵身跃入
浮浅啊光阴如同空弹琴
我必须活出一个乌托邦来，才能
对得起自身的无意义，必须凭空
说那不可言说之物，才能给爱
一个有力的支撑
浮浅啊先锋正在教育一头牛
狮子的下场就是自己训斥自己
人世的离乱已是可活可不活
唯一的肃穆
来自一碰就碎的肉体
为了活命我必须在你的双乳间
再画一个月亮
为了永恒我要
再挖一眼泉

鲜花之翼

有没有这样一种
东西，它鲜艳、微凉
像鲜花之翼
飘在
罕无人迹的
小路旁
那时你踮脚，张臂
长发遮住
我的脸

寂寞虚构

今晚，谁往月亮上开了一枪
黑暗溢出，光四溅

谁往一只鸟巢里堆满了雪
像明月攀上树颠

辽阔它逼我太紧，我爱的人
一直在发育

今晚，谁躲在你的射程里准备好自杀
设想　一种生离死别的仪式

谁的悲哀就没有尾巴，爱在重来
中年有了颓废的味道

从一切教条里，我抽取一种关系
既不是铁，也不是来自冰的概念

是一种不固定，一种雪白的
危险，在一阵蝶舞中

在一场蜂鸣里，在那里
爱曾挣扎，隐现。

再见·爱

她挥手，转身，焦距眩晕
从侧面看，是那样的湿润
像一阵风吹过记忆的丛林
爱，这绝望的艺术
让我感到无力
青山，碧溪
月亮的圆，接近中年的心
看起来像是一张浮肿的脸
她坐在幽深的前世
仿佛一个心碎的天才
在破坏中
期待
不是爱，是清洁
将一种逝去的味道
吹过来
爱之雾霭葱茏
爱之泥泞不堪

拉拉：最终的虚构

"我们该怎么办，亲爱的？"
"拉拉，我也不知道……"
———帕斯捷尔纳克《日瓦戈医生》

天哪，这场爱是何等的
海阔天空，何等的
不同寻常。当我们带着完整
带着恐惧，回到这将息之地
雪花也为之飞旋！
多么神奇啊，我们的相遇
就像隐喻在风暴里
如今，躺在床上
看雪花旋转，简单而又
缠绵，仿佛从未有过的
安详。时光遁去，一个老邻居
在猫眼里缝补毫无价值的
星期天，那么坚实
又那么虚妄。让她去活吧
我们去死，这尘世欠我们太多。
最疯狂的季节已经过去
整整两年，拉拉藏在你的体内

她颤抖，赤裸，蓄满液体的
身体，既放荡，又紧张
既过度，又贫乏。即兴的
生与死，渴望着分享。
窗外，雪的白
制造情感的黑，我们爱着
恨着，尖叫着，为了
重生。那催债的人
正踏响积雪，而此刻
你在闪耀，仿佛绝望
也在造就一个诗人。啊，我的
诗歌美人，你就要回到生活里
你就要回到针线上！

辑七

愤然录

愤然录

他捧着愤怒的猪脑袋在饮酒，五天啦！是否该帮
　　他去杀人？
她一清早就蹲在河边哭，是否该给她讲一个心酸
　　的笑话？

她被春风解开了裙子，露出一小段羞涩；
她被拉进卫生间，用银两换取腰间的两枚纽扣。

一个孩子趴在路边哭，哭她用来乞讨的半条腿；
一个老人拄着双拐在号啕，饭盆里盛满了雨水。

马路被剖开，以利于行船；他安于职位，在孵一
　　枚蜥蜴的卵；
我也应该哭！我也应该哭！

有人从吊塔上飞下来，有人刚刚爬上脚手架，
我躺进墓穴试了试——那宽度！那深度！

这是哭泣的时刻，肿胀的时刻，作伪证的时刻，
我在窗下浇花，找不出更好的比喻。

一个男孩在打鸟，一只眼闭着，另一只眼根本就
　　不存在。
啊，校长先生，请为白云另起一个名字。

两个小偷急转身，相互撞伤了头，对视一笑，走
　　开。
我是不是该满面羞红去跟书记认个错？

这年头，什么都有可能。笼子可能等于飞鸟，
　　三千可能等于二百五，
美女可能倒在一个盲人的怀里。

如此多的手指，在肉铺里、在火光里、在早熟的
　　乳房里，
人们啊，还配谈什么押韵、伤感、人民币！

多少毒液，如甜品……

轰鸣，全部的轰鸣堆在窗下
如一支炮队在前进……雨滴
结束了，流沙在持续。我躲进身体里
不出来，怕见人。黄鹂结束了，
蚂蚁在持续。女生结束了，
校长在持续。
我告诫自己：上山
要多走弯路。深山结束了，华南虎
在持续。姓王的刽子手结束了，姓江的
在持续。无非是几块钱，无非是，无非！
蓝天结束了，尿布在持续。
一个杜甫结束了，一百个杜二在持续。
我是自己的小诗人，唐诗里的五言律。
皇帝结束了，孩子在持续。谁来为他
穿新衣？他他他他他他他他他他……
一窝蜂，没意义。
啊，多少毒液，如甜品
在泪水中，在文件里，在阳光下。

读历史记

我心甜，如雨丝
落在炭火上。必须乐观
用枝繁叶茂对待细枝末节，
用带铭文的汤勺对付一罐蜜。
你看他，第七十八页，哭诉着
想要回自己的遗体，而忙了一天的
刽子手，正在家中吃鱼。
这说明不了什么，既无法证明反讽
也无法证明求欢。山水、大人
遥远的外戚和他的童年
多少魂游大地，哀宗、厉祖、成王
历史是天空的倒影，你我
不过是庭院里的三尺布。
更糟的是，烟与雾，只是
姓氏的差别，谁来统治都一样。
多少封土成灰，羊群失火
长期不见人，不见官吏、狱吏、盐运使
冰封前额，仍逃不脱
科举、算术、老教鞭！

他用泪水思考甜

高潮的路障积满雨水，
闲置的快感存在银行里。

他用一小段花荫比喻下半身，
他用泪水思考甜。

说亲爱的亲爱的变成了无非是，
脚后跟翻倒在人堆里。

仿佛生活的垃圾淤塞了阴道，
仿佛硬着只是一种礼遇。

无言的暴力浮上人脸，
——这消磨，这卑微！

黄与绿

他是瞎子，能区分两种聋子，
她是聋子，平生瞧不起哑巴。

她打发井水去找河水，
他打发孩子去找妈。

连日雨雪，她坚持闭合，
他隐忍着，将一口浓痰咽回肚里。

"柠檬是这样的！"她就那样
自作主张地绿着，你不必太认真。

他夸张地打着手势，还是形容不出
柠檬的绿。

在瓮中

1

我坐在瓮中，瓮是瓮
我有时不是我，是
一只昏睡的乌鸦。

2

十二月，我结了一层冰
融化之前，争取再结一层。
那目睹的人真可怕。

3

烟和雾，很合理，
矛与盾，没关系。
他只是不愿与人相提并论。

4

微妙的贼，涨红着脸：
"因为窗子都关着，我只好
从门里爬进来。"

5

在瓮中。
有些客人无法拒绝，
有些客人面无表情。

青山

四月青山，空气绿得
发蓝，无人追逐的鸟
在无聊中死去
我们来此做甚？
禅房春深，草如席
杯中酒和
窗外的雨，安静
只是一阵玻璃的安静
一年一度的
法事，招来多少
老灵魂
我们来此做甚？
想当年，革命
如登山，而如今
青山如市，游人如织
在那一层层的
枯叶里，在那痰迹中
我们还来此做甚？
起风了，下山的人
变作轻快的石头
在鸟鸣中，在山涧里

风吹他，吹他头上的
三根乱发
有多少无奈，多少敌意
一圈圈漾开，如笑纹。

感怀

多日幽居我已看不到美好的事物
花开之季没有一个完美的腋窝
多年的老邻居只剩下一只前蹄
悲伤的旧友寄来岁月的请柬……
我曾经将时光分成三等分：你、我、他
如今只剩下黑桃中的我和疾风中
转身的你
我曾经傲慢得如同那飘零之物
如今看来山林之美不过是一念之差
我曾经将青春的旧友送过长亭短亭
现在想想，古意全变作了生意
我曾和你在那雪中饮酒，那场降雪
在我的灰发里至今不化
我曾经蘸着盐为你写信啊，那时你
着布衣，具蔬食，将自己反省得
体无完肤，如今你在哪里？
明月当头，繁华易逝，时光仿佛
花荫下的一段呓语
有些人走着走着就散了，有些人
见过一面就不想再见
我有太多的盲目清风无从辨识

有太多的呜咽明月几乎不察

现在，依然对友谊有信心，但不再对旧友；

对距离有信心，不再对道路。

我饮酒只是精神独自举向明月，

我念你只是杜甫偶尔想起曹雪芹。

度夏

六月就开始度夏，我变得
轻如浮云
这标榜暴乱的季节，带着它的
枝繁叶茂，它的大肠杆菌
到集市上嫁接死亡
而我活在喋喋不休的
商贩中间，以冰覆额，寻找着
微量的诗意。窗外，这么多人
这么多人民，却没有一个
具体的铁匠、锁匠、水果商
带着心花怒放的决心，带着爱
去生活，我就觉得
在写出这么多诗之后，如果诗本身
微不足道，在发出这么多问号
之后，如果问号却转身来质问你
那么，不如一句不写，不如闭口不说
不如直接去买醉，不如
马上去冬眠。

中秋京郊遇雨

我来此尚有雨的款待。
我来此醉访木匠。

雨打屋檐，上青苔
入花丛，一连几个跟头
如开放的
湿裙子
我听见她们挤呀挤的
差点
笑出声来。
终于可以偃卧寒榻听风
似雨了，
终于可以滴水
不必穿石。
我有时听到自己在哭，
哭什么？
我依然活着。也只有活着了。

听警察讲妓女被杀的故事

类似的故事我听过数遍，但这事
从他嘴里讲出来，无疑增加了
可信度。我们坐在靠近公路的
山间农舍，喝茶，聊天，话题不多的
时刻，看汽车喘着气，往上爬
我在想，如果那故事里的女孩
就坐在我们身边，会不会有
另一种结局。一片云从山顶
翻过来，露出微雨的清凉
两只蝴蝶在木栏上
扇动着翅膀，不可能有
别的结局了，无论如何
她都会悲惨地死去，或死于
哺乳般的顺从，或死于
警察的陈词滥调。这老兄
一边写诗，一边办案，死与抒情
正如黑暗融进黄昏的光里。

散步十六行

举着鲜花出门的人，只为见识悲欢
五十只蜂跟着她，采一种
素食的蜜，这其中自有生活的哲学
被教授，但并不具体

那敢于消瘦的人，在街角
结他的网，一阵东风
一件破雨衣，他捕捉着
稀疏的网格间有他的全家

最不纯洁的人，最适合痛哭
会飞翔的鸽子，飞越黄昏的畜栏
奔驰向前的不是信心而是决心
我犹疑着，与一只空碗对话

有些话，喷薄在嘴边，说出来
就是灾难——我不爱这
世界了，怎么办？
既非三十年来的死，也非无尽的承欢。

今夜，写诗是轻浮的……

——写于持续震撼中的 5.12 大地震

今夜，大地轻摇，石头
离开了山坡，莽原敞开了伤口……
半个亚洲眩晕，半个亚洲
找不到悲哀的理由
想想，太轻浮了，这一切
在一张西部地图前，上海
是轻浮的，在伟大的废墟旁
论功行赏的将军
是轻浮的，还有哽咽的县长
机械是轻浮的，面对那自坟墓中
伸出的小手，水泥，水泥是轻浮的
赤裸的水泥，掩盖了她美丽的脸
啊，轻浮……请不要在他的头上
动土，不要在她的骨头上钉钉子
不要用他的书包盛碎片！不要
把她美丽的脚踝截下！！
请将他的断臂还给他，将他的父母
还给他，请将她的孩子还给她，还有
她的羞涩……请掏空她耳中的雨水
让她安静地离去……
丢弃的器官是轻浮的，还有那大地上的
苍蝇，墓边的哭泣是轻浮的，包括

因悲伤而激发的善意，想想
当房间变成了安静的墓场，哭声
是多么的轻贱！
电视上的抒情是轻浮的，当一具尸体
一万具尸体，在屏幕前
我的眼泪是轻浮的，你的罪过是轻浮的
主持人是轻浮的，宣传部是轻浮的
将坏事变成好事的官员
是轻浮的！啊，轻浮，轻浮的医院
轻浮的祖母，轻浮的
正在分娩的孕妇，轻浮的
护士小姐手中的花
三十层的高楼，轻浮如薄云
悲伤的好人，轻浮如杜甫
今夜，我必定也是
轻浮的，当我写下
悲伤、眼泪、尸体、血，却写不出
巨石、大地、团结和暴怒！
当我写下语言，却写不出深深的沉默。
今夜，人类的沉痛里
有轻浮的泪，悲哀中有轻浮的甜
今夜，天下写诗的人是轻浮的
轻浮如刽子手，
轻浮如刀笔吏。

（5.12夜草，13日改，14日改，15日改）

大雾

    ——对话：索尔仁尼琴

你走后，雪里梅耶夫机场的大雾①正在弥漫

三月十四日，六月二十八日，甚至就在

昨天，我看到我的祖国

因愤怒而腾起的烟柱

不像是一种枯竭，不像是后现代

窗外，送葬的队伍正在出城

我想起你离去时的背影

枯燥、乏味，喋喋不休的纪念

你在西方待久了，会烦；在十九世纪

待久了，又会导致胡子疯长

二者的结合，正像我目前的

境况：一身道德的臭汗

无所不在的饱嗝

每天和国家对饮，听她吃青菜

是一种折磨，听他爱国、骂娘、流鼻血

---

① 1974 年 2 月 13 日，索尔仁尼琴因在海外出版《古拉各群岛》而被捕，并以"叛国者"的罪名驱逐出境。第二天，莫斯科雪里梅耶夫（Sheremetyevo）机场一架飞往法兰克福的航班推迟了三个小时起飞，原因是"大雾"，索尔仁尼琴从这架飞机上开始其流亡生涯。临行前立下誓言："我将活着回来！"

是另一种折磨，听肥皂剧的
终曲，哭声那么平庸，就像俯卧撑
只做了三个，我感到困惑
昨夜你走了，将梦境
打包带走，很好，很强大
于是每一个问题
都成了孤立的问题，每一棵树
都有了它自己的主权和辩证法
如今，团结如仪的只有水泥
和谎言，我经常感到无路可走
准确说，是道路太多，每个人
都有一条路、一个理由
和一道世俗的斜坡，却没有一条路
能够走到黑
想当年，伟大的雾都时代，那迷人的
大雾，团结如细雨，幽暗如原野
多少天才在雾中相遇、相爱
在雾中团结起来……如今，雾已散去
你已离开，烟尘滚滚，映现着
闪光的碎片，基础不在了，只剩下
赤裸裸的荒原
我们只好分头去找水
分头去性交，"性交"这件事
它的饱和、吸附和革命的加速度
你似乎从未曾谈起

我们可以像谈论革命那样

谈谈性交吗？多年前，我们搬来梯子

在国家的鸟巢里

掏鸟蛋，猜猜我们掏出了什么？

一根低垂的阴茎——长在一个

不会出汗的身体上

听说它让十几亿人得到了高潮

十几亿人为它谱写东方色情诗

想想吧，那冰冻的阴茎，那无毛的下巴

那种严厉，那种虚位以待！

我们都是它的杂种，都有一支

性手枪，这支枪啊，每次射出

政治的精液，最后中弹的

总是我们自己

如今，谁还抱着一颗子弹在飞？

谁还在往那鸟巢里窥探？未到

中年，我们已老得恰如其分，多么

荒诞啊，你看那大街上

匆忙的人群，每人都夹着一个

低垂的阴囊，上面长满了

金钱般的皱纹，空空的

没有一颗子弹，可悲

不是吗？但我对奢谈悲哀的人

感到厌烦，这近乎粗鲁和固执

我反对一切正经的不正经，反对一切

严肃的嬉皮笑脸，没办法

这是一种阶级的遗传

我们不谈苦难，只谈早餐、午餐、光荣和正义

我吃过多年光荣的窝头，和正义的萝卜

我的早餐里有饥饿的针，因此不宜多食

我的午餐里有义务教育的硬币，因此不宜过量

我们通常没有晚餐——晚餐是一种国家主义的

定量，远在我的理解力之上

祝贺你有快活的晚餐，亚历山大

你的晚餐就是叮住一头牛不放

你是领袖们的厌食症

和苏格拉底的色情狂

多年来，这近乎传奇

听说一只牛虻的最好下场是被牛纪念

听说一只牛虻的真正对手是另一只牛虻

你感到过幸福吗希望你的性欲常在

你得到过胜利吗希望你的胡子不朽

我爱你的宿命、偏执和崩溃性

爱你的放逐、神启和逆时针

我们是异世的朋友，是词根和词源

我渴望一种蝴蝶的心灵，和牛虻的盲动

我渴望你的迟暮、你的基础，你的流放地

和癌症房，如今你死了，我活着——

无非是早和晚，开头和结尾，轻盈和激越

在这分崩离析的时刻，大雾

弥漫，沟壑当前，而我们在彼此的呼吸中尚能
呼应，在彼此的前程里还能回望
最细微的风声穿越你我的距离
我在黑暗中碰到你湿润的鼻息未必不是一种幸福
我在你墓前的花瓣中看到的唇印未必不是一种力量
就让大雾把一切重新遮盖吧，像童年
渴望一斤纯粹的小麦，我渴望雾中的流亡者
归来，毕竟，雨滴闪烁着，树梢上的鸟巢渴望着
如此多的蝴蝶歌唱着，大地上的乡愁弥漫着
细雨中的苹果树未必不是一种拯救①，宁静的
堆聚在农具间的雪花未必不是一种祈福
穿过浓雾中的国度的未必就只有你一个人
瞧瞧那些牛仔裤、花衬衫，那枝头上的清澈和嫩绿
柔弱未必不是一种对铁的应答。

2008.8

---

① 索尔仁尼琴语，"只要还能在雨后的苹果树下呼吸，就还可
以生活。"

辑外

摘自笔记簿

1

切忌隐居主义的冷，以及入世情切的热。

沉默，是因为他早已在内心将自己辩驳了一番。

有时候仅仅出于礼貌，我让他先开口骂娘。

它一狂吠，我就要检讨自己的耳朵——这无形中培养了它的自信和自卑——它相信自己还可以叫得更好；它自卑自己终于变成了一条真正的狗。

赞美那些动刀子的人，赞美那些消耗词的人。消耗词——词干、词根、词源、语、音、义……

敌意，如刮过界碑的一阵撒娇的冷。

狮子带着它全部的高原气质，冷漠地看着一群被惯坏的山大王，无语。你能让它说什么？

新雪。一阵践踏的快感。冒着飞舞的雪屑去寄信。

在交际中，善是一笔存款，并不停地在滋生利息。

他把梯子靠在一个假想的支撑物上，伸手去够那朵乌有的云。

清晰，有时仅仅表现为一种自我约束的道德。

他们争论的目的似乎是使敌人更像个敌人，使谬误更像件谬误。

拒不忏悔——因为再没有神圣之物，或那神圣之物戴上了撒谎者的面容，并鼓励他的后辈们：你是错的，但必须一直正确地错下去！

他找来找去，没有找到一个词语是一个稳定的六面体。

把诗歌强调到一种不必要的高度，是一种行业虚荣。

他需要钱时，我给他钱，但他依然一无所有，因为他需要的只是钱。

不可能给"雪"换个说法，但可以给"小雪"

换个说法。换说法其实是在枝节上做功课。

诗，写下来它就死去。那读到它的人，意味着它的一次再生。

名声。——他的名字终于吻合了他身后的那堆作品。只有他自己清楚，身后不过是座废墟。

她。——像一枚青果从树枝上掉下来，缘于一只纠缠于自我的蛀虫。

梦想作为迷途。

一朵花的开放过程。它必将打开，但不知何时开放。

他经常将自己质疑得走投无路。

他提问，答案却早已预设在提问中。他提问，是想试一试能不能提问。

家说：看你往哪里逃！

借着闪电，写下"黑"。

如此急切的为自己找回名声，仿佛一头霜降前的熊。

怜悯。培养自己的易碎性。

板结。这是他写诗多年的结果。

他的名词在撒谎，动词在吹牛，形容词更是充满自恋。

道德的附加值。因为知道他是一个众所周知的好人，人们不再忍心去批评他。

我视此人为狗屎，料老兄视我亦如是。

有个性，没人性。

伟大的愤怒里有一种清晰的逻辑。

童年是一次放大：对空间的、时间的、一切喜怒哀乐的……

梦是黑白的吗？我曾做过一个彩色的梦，在梦的梦中。

写作往往是最少的东西的呈现，但经由语言的发酵，它又变成最多的，超过了写作本身。

大师具有恒星的某些品质，但又不可避免的多余了一些做作……

因长久的压抑，他的头顶渐渐泛起了一层乌云……

旋转 180°，他又成为直立的了。至贱也可以立于不败之地。

他再次在精神上让她怀了孕。

他和她拥有共同的秘密。他们还各自守护着各自的秘密，以防被对方探知。

他的沉默足以给我们上一课！

昨天，我已经活过了。今天又重复了一遍。

让我遭遇一次真实的老虎，让我确信猛兽就在生活里。

面对街坊懒散的居民我心头紧缩；面对民主

举起的双手我无可奈何。

一个羞涩的姑娘可能好吃懒做；一个天真的小学生可能是个杀人犯。

三人行，必有老师、徒弟和犹大。

因为斜视得厉害，所有的正道都被他走成了邪路。

他的老大心理来源于对朝臣的热爱。

为了证明自己是个皇帝，他干脆脱光了衣服。

底线亦可作为撑杆跳……

作为一个公共的小丑，他有胡说八道的义务。

这些人，怎么一见面全变成了好人？

那条狗将一根骨头递到主人手里，以为主人亦有同好。

为了表演得更为精彩，他扔给了对手一把刀。

现实的荒诞折弯了它自身……

一本薄薄的诗集，足以安慰一生——当它置于老年之膝，其中没有一个词语随之而衰老。

他往自己的影子上砍了一刀，既为试试刀的锋刃，也想为自己壮壮胆。

我想写出那样的诗：一句顶一万句。

修改新作最幸福，捡拾旧作最沮丧。

一辆火车开过来，开得那么威风，神速，像一个大神——它竟然没有走在轨道上！

狗往往懂多国语言。

狗笑起来的表情是什么样的？

这个被我从故事里邀请来的主角，在对我指责了一番之后，又重新回到故事里。

有时候会有一些很奇怪的想法，比如说：关注第一片雪在何时落下——它和人生有关吗？

一个时代结束了，不是因为你写出了什么，而是时间到了。

诗是被动的总和。

冗长的赞许是一种撒娇。

这只狗是来找你的吗？它蹲在门外半天啦。

不要相信一个能说会道的诗人；同样也不要相信一个沉默寡言的戏子。

至死都没说的那句话，它真的存在过吗？

忧伤必须是公共的；真理是个人的。

能哭，也是好的。

果子挂在枝杈间，像少女的乳房。

大师，你所说的豹子，还在山里吗？

诗人之言说，多为自辩耳。

他的影子越来越长，并非他越来越高大，而

仅仅是，日薄西山……

因拥抱得太久，他们彼此分开时都感到了些许厌倦。

总的来说，诗是活出来的。

一头阴影之狮在门外徘徊，心事重重。我开门，邀其家中饮茶。

你们如此手心手背地夸，道理都在师傅、弟子和狗嘴里，有意思吗？

雪夜，深闭门，假装黄卷在握。一把斧子已替我远行。

隔壁有个嫂子，嘴上有颗痦子。

他在练习口吐象牙，因此看起来表情略显怪异。

啊，如此美丽的乳房，她却只长着一个！

这具尸体是谁的？

美好经常在一些小事物身上发光。

终于找到了一条死路。

魏武王常所用电动剃须刀。

方向只有一个，道路才会如此拥挤。

因对光明的信仰过于热烈，他将自己的影子也砍去了一半。

利欲本来就是用来熏心的。

整个下午，在想象中将一个人驳得体无完肤。

那些在纸上曲曲折折、尽善尽美的小诗，一端到生活里，就像空气一样蒸发了。

无聊。像一只鸟在反复做着发声练习。

坦率地说，我对两条平行线最终是否会相交没有信心。也许，在远处，我们都看不到的地方，它们因相爱而走到一起去了呢？

必须有泼妇骂街的勇气，方能驱散这群苍蝇。

因撒谎成性，他索性将撒谎变成了一门营生。

我摸了一把老虎屁股，不是故意的。——它反应有些强烈，一只母老虎。

（2009）

2

吞咽多年，她学会了用肚子说话。

你不知道的事，便没有发生。

他空洞的谦逊让人反感。平时他不那样。

一只蛤蟆的安静。一只蜻蜓的消瘦。

在内心预设一个对手，并与它争吵了一上午。

这一代少女已被雪花和虚荣喂饱，不会再跟诗人去流浪了。

小镇上的第一盏灯亮了……

先锋派的可笑之处在于，它总是要求提前得到承认，并为此预支了未来。

她的体内生了虫子。爱情使她向阳的一面微微发红。

连企鹅都是食肉动物。弱小者总能找到更加弱小的，吃掉。

她想将我的孤独堡强制拆迁，她带来了家庭、婚姻和私有制的红头文件。

一条内陆河在想念大海……

整个下午，我都在劝解自己。我相信，我最终是会听自己的话的。

他们浮在空中，在从塔尖开始向下修建一座倒悬的塔。

他们羡慕一个没有饭吃的人。他们不是羡慕他手中的空碗，而是掠过空碗的那一缕自由的空气……

今天的朝霞有些低，早晨出门，额头被撞了一下。

有一次，我们竟在梦中相遇——是她的梦，遇到我的梦。

天空仅仅因为空而高过我们很多。

他来时总是电闪雷鸣，这个愤怒的客人；她走时总是花香四溢，这个平静的主人。

一个浑然无知的人和一个炉火纯青的人，都可以在钢丝上安然游走如履平地。

生活骑着我——这个蹩脚的骑手，有时候连手中的鞭子都懒得扬起来。

我一直有一个偏见：入睡太快的人写不好诗；嗓门太大的人写不好诗。

癞蛤蟆从来没想过吃天鹅肉。真相是：它爱上了天鹅。

天鹅说：你还是吃了我吧。

我多么喜欢听这缄默之声！

五月。大片的麦田上空旋舞着鸟群。

站在结满冰的树下，不时有雪末吹进脖颈。田野还保留着最原始的雪迹。风很大。我以谦卑的心，享受这短暂的清冽。

是啊，有时温暖我的竟是一阵急雪。

"沃洛涅日是胡闹，沃洛涅日是乌鸦，是匕首……"

一个人突然倒地不起。她的那些牌友还在等她。昨天，她们还为几元钱吵得不可开交。

一个人走了。她的羊还在世上咩咩地叫，等人喂养。

从孤寂中走出来后，他显得更加无助了。

风在墙上雕刻一首倔强的诗。

体内的一把剑，被愤怒擦得锃亮。

平生所赴，无非是一个大哭一场的地方。

流自己的血，让别人去说吧。

看到一枚尚未成熟的果子落入水中。没有什么可抱怨的，生活充满了秘密和必然性。

梳洗罢，坐听晚风的教诲。

远方的陌生人，请将我的书烧掉。我不该向一个未知的人裸露灵魂。

诗可骚。

这些诗我写于黄昏的窗下，请你将它读作晴空万里的一朵云。

人越精致，便越不自然。自然有时是不自然的极致。

人为自己制造绳索。王国为自己制造围城之兵。

一个孤独的王在棋盘的一角饮泣。

某日，一位死去多时的诗人，往我的邮箱里发了几首新作。

那朵花，扯着自己的黄裙子，阴部高耸，仿佛迎向自己的诉状。

剪刀般的爱，没完没了的厮磨。

一个女孩站在路边，双手比划着，在给一个男孩讲道理。

因为讨厌拖着行李回家的感觉，能不出门就不出门。

电闪和雷鸣本是一回事，为何还要分个先后？

依我看，饭碗才是检验真理的唯一标准。

他已经八十多岁了，却还在拿一首二十多岁时写的诗到处朗诵，仿佛那首诗被他存在了岁月的银行，只待他后半生享用。

破碎的东西留下更多的破碎。每一个貌似团结的碎片上都呈现出一副新的破碎之象。破碎的几何学。

这个人从来没和女人缠绵过。他就像珍藏一把钥匙一样珍藏了自己一生。

男女如锁钥，上帝将其打乱。很多时候你貌似插了进去，却未曾真正将她开启。

她觊觎着我的孤独，总想与我分享。

齐奥朗唯一的抱负是：与无可救药者同行。

重新创造"无名"是多么困难啊！

一个人看到自己的愚蠢，就像一个疯子突然意识到自己疯了。

人以啃噬自己为乐。

我喜欢你的软磨硬泡，更甚于软硬兼施。

什么人都来与我共勉，过分！

爱不一定能换来爱。恶在很大程度上却可以换来恶。

姑娘还是老的辣。

失恋乃兵家常事。

……像一个修建长城的人，最终将自己砌在了墙外。

希望鬼魂们没有国界。希望死去的人们可得自由。希望巴别塔已在阴间造好。希望能给晚到的人留一个位置。

谁对黑暗无知，谁就不配享有光明。

关起门来的悲悯，是对自我的撒娇。

在暧昧的夜色里，黄金拒绝发光，而狗屎们却始终熠熠生辉。

"薄暮之光，奈良之鹿，孤独之城和稠密之晨。"

关在牢里的导师才堪称牢靠。

为了做一个好梦，他做足了准备，以致不能入眠。

齐奥朗在日记《笔记本》中说："西蒙娜·薇依没有幽默感，但如果她有，她就不会在精神生活里如此深入。因为幽默感阻止我们经验到绝对。"

嘴巴被封住了。但伤口却突然开口说话。

忧伤只需要很小的代价。什么都在涨价，只

有忧伤没涨。

在一堆女孩里，总有一个与众不同，被我们一眼认出。

树叶在向一阵风挥手道别。它不知道，正是那阵风将它送上了不归路。

终日垂着脑袋，不是因为沮丧，而是因为这颗脑袋里的果实已经成熟。

太阳让我低头。太阳让我放弃对它的监督。但太阳也有下山的时候。

活着，并去创造死。

必须紧紧抱住自己的腿，以防在关键时刻掉链子。

广场上，一片云在非法聚集。

鳄鱼来到陌生的城市……

北风集合起落叶的队伍，向秋天作最后的道别。

早死的人们拥有一个永恒的青春。

那舍弃旧巢的鸟儿才配称自由；那留恋旧栈的英雄才堪称英雄。

武松易得，猛虎难寻。

为了配合他的死期，鲜花们纷纷提前开放。

天空的巨石阵，被北风隆隆地吹送着。

两个穷人的爱情加在一起，是不是很富有。

飞鸟在申请一个笼子。毕业生在争夺一个饭碗。

她的底裤就是她的底线。

最近浪费的时间太多了，我已腾不出时间来浪费。

马拉美说："我的作品是条死胡同。"

这一帮举手的人里，既没有真善美的代表，

也没有我的代表。

一首逃亡的诗，终被一个暗探读到。

以泪洗面的人是今天最美的美人。

卡车承认了谋杀，但拒绝指认司机是谁。

一颗子弹飞到中途时突然良心发现。一支行刑队突然得到皇帝的上谕。

死者决定重新再死一次。第一次死得实在不够精彩。

一只在地下打洞的鼹鼠，突然发现打错了方向，他将自家的花园打通了大海。

终于有心情和自己说说心里话了。

他死在传记的第 35 页；他死得开门见山。一部革命史，无非是谁先谁后的问题。作为一个知名的鬼，你也就比别人在史书上多占几页。

有的人活着，他一定会死去；有的人死了，那就是死了。

逆光的思想。一种对峙主义的失败。

水流的方向是一种倒序。

枝头上，两只乌鸦又在闹不团结，三只麻雀也分成了两条路线。

天蓝的天啊，你的美丽只能用你自己来形容。

将一封信埋进土里，请历代鬼魂们传阅。

这一小片草坪，也是世界性的；那一朵白云，更是全球化的一部分。

梦中，我们在高高的鸟巢里过了一夜，你的体内有几枚易碎的卵。

隔行如隔山。春雨中，两行韭菜终于可以倾心交谈。

谋杀一个词，将它置于混乱和病句中。

天空晴朗，一把伞下起了细雨。

他说他愿意为自己的死负责。

孤立得像一枚闪闪发光的犀牛角！

她说她只爱黑夜的黑和蓝天的蓝。

乌鸦先生，你的爱人等你回家吃饭。

这个像纸片一样走路的男人，老年之斑在他的脸上祥和地绽开。

小小的、美好的烟草店。每个店主都有一个漂亮的老婆和女儿。

一切趋光的事物都在制造着阴影。

趁空气仍是免税的，让我们抓紧时间呼吸吧。

不知何时，他的保护伞下起了雨。

纪念一场止于上半身的爱情。

寂静就是一堆雪。

死者上楼来，敲门，为开门的少女掏出过期

的玫瑰。

一个坏蛋，和我们用着同样的名词、动词、形容词。

破罐子破摔，方得为真名士。

我梦见尼采和我做着同样的梦；我梦见马克思和列宁交换胡子。

连衣裙像美少女蜕下的皮。

马尔克斯说：要失败，还需付出更多的努力。

孟夫子在郊外的旅馆里等齐王回心转意。

看地图才发现，原来条条大道都通天安门。

有人在瓶中称王。

到目前为止，我反对的人都被我发动起来反对我。而我爱的人也都在爱着我。

鲜花丛中，一头觅食的兽。

在我们口渴难耐时，有人却贡献出整个大海。

天空死于黄金。沙漠死于风。风死于青苹之末。

人群就是泥泞。哲学在下雨。

爱情这门垂死的技艺。

多元的河流有三个岸。

空空的楼梯上，一个影子闲坐着。

冰的体内，一条鱼在游动。

几只蚂蚁守护着它们的粮食，一片落叶改变了宇宙。

请向她青春的肉体降半旗。

不是每一片星空都配得上凡·高。

好人让我厌烦。坏人让我疲于招架。

她把她的心事藏在我心里。

剪不断，理还乱，是乱麻。

深吻，就像在相互倾倒满溢的人生。

我来人间做客，对每个人都非常客气。

一个盲人戴了一副近视眼镜。

星期四嫉妒星期五。

趁我不注意，钟表偷偷多走了一圈。

不知为什么，美丽总是瞧不起英俊。

老夕阳像一个职业逃犯。

沉默是一种腹语。

羞涩是一种美德。

荆棘丛中，一朵花晾出她的白裙子。

左眼看不见右眼。

在一场灾难面前，左眼难过得闭上了。而右眼却坚持看到底。

一只特立独行的猪，依然是一头猪。

蜜蜂们在亲热时，如何藏起它们的刺？

等腰三角形的腰围是多少？

平行四边形的平胸。

根生是不是就不需要性交？

那看门大爷到底看到了什么街景，笑得像大哭了一场？

树叶爱上根，是不是一种乱伦？叶子爱上花，是不是一种高攀？

海水不理我。海水凭什么不理我？海水凭什么不理人？

伤口在开口大笑。

苍蝇在四处寻找一个适合接吻的唇。

太伤心了，如此暗夜，连萤火虫也熄灭了自己的光。

穷人有亲戚，坏人有政府。

政府像一个漏水的厨房。

一头心肠变软的狮子，也不会爱上一只蜥蜴。

他有一张典狱长的脸。

维特根斯坦说，哲学家们应该这样来相互致意："慢慢来！"诗人们何尝不应如此。

（2010）

3

一瓶云。

热带。想寄一块冰给你。

她打包给我寄来一声狮吼。

她允许我在她的体内翻找旧信。

不小心，被地上的一个影子绊了一下。

空阔的大海上，漂着一张床。

如此乏味的真理，不被发现又如何？

他在用列宁的声音求饶。

很多智慧看上去就在于沉默寡言或言不及义。

生活里有诗吗？没有。诗是另一种东西，需要你把它生出来。

愚蠢也可以愚蠢得很精彩。

防波堤。

狼是一种自卑而又不可忽视的动物。

今夜，想请一个人到家里来审判我。

美有一副偏软的腰肢。

沉船——最为诗意的死亡。

死神升起一把梯子，稳稳将她接住。

风在弹奏树琴。

大海不会在意每一粒沙子的褒贬。

冬天一到，这棵树就开始装死。

它那么忙碌，因为它是根秒针。它转了那么
多圈，时针仿佛纹丝未动。

我说："月亮圆得像屁股。"她说我不是个诗
人。

两座岸将一条河押送回大海。

一个人的沉默让他具有了瞬间的威严。

感谢那给我们送来词的人，感谢他将每个词都消了毒。

她会飞。她有爱的单翼。

在没有人的时代，怎么活都像个英雄。

时不时，给自己打一个电话，听一听占线的声音。

我们总不能见鬼不救吧。

不喜欢有很多朋友的人。

街边的小姑娘走着走着就不走了，张开小手要爸爸抱。爸爸弯下腰，将她抱了起来。

追光，照亮了一头野兽惊骇的面孔。

梦中的数学题终于有了答案。

钱钟书论袁枚："所以江河不废，正由崖岸不高；唯其平易近人，遂为广大教主。"

因目睹一次良心事件，赫伯特退出了波兰作家协会："我撕去我的照片，我把我的会员证还给波兰作协。我径直去了底层。"

她被自己的眼泪打动了，并再次潸然泪下。

我的思维凝滞了，需要上帝轻轻一碰。

这一生，真要浪费起来也是很费时的。

一个梦梦着自己的醒。

我愿意承受这重锤的打击，并将它放在尼采的天平上称量。

花大价钱，买下一小片天空，为一只夜鸟放行。

出手阔绰的死神，送来一副镀金的棺材。

胃里一只青春的蛹在喊饿。

一条单轨的铁路，伸向孤独深处。

黄金不是被拿来炫耀，就是被关进牢里。

一只蜥蜴躲在黑暗的角落，修复夏季的断尾。

一阵弦乐提升了秋雨的形而上味道。

孤独和我关系一直很铁。

我们一直都不被坏人祝福，说明我们爱得还不够。

所有的道路都围上了世俗的栅栏。只有一个地方可去了——那就是我们内心的深井。

黑暗中，天空一声炸响，仿佛一颗人头落地。

沮丧。想找头驴子来，把自己踢一下。

绿就是方向。绿就是天使的头巾。

雷和闪电争吵着排名先后，雨早已悄然落下。

让得到爱的人同时得到一个嘴唇。让失去爱的人也能赢得一声叹息。

当我醒来，鸟鸣像钥匙一样插进耳孔。

有你的夜晚，像嗑药的早晨一样清新。

太黑了，一个盲人在寻找开关。

人生若只如初见，不如不见。

这倒也不错，当所有的路都被堵死后，我们开始仰望星空。

我们开始变得大方起来，我们欢迎不幸爱上我们。

思念。她的脸升起在月亮的光辉中。

果实累累的枝头，挂着一颗人头。

一个人在用角铁焊接自己的膝盖。

死者真的对我们一无所求吗？

暴躁的北方缺少一味药。

一夜之间，这么多树叶落了下来。去问一下，是谁带头先落的。

啊，她身上的沙丘、雪线和月牙泉。

爱情因缺少一只耳朵而显得与众不同。

看到一个死去多时的人，每天都在更新自己的博客。

不是说她有美要出售吗？为什么我从她那里只买到了眼泪？

他们如此坦率地说谎，直令听者紧张。

化力量为悲痛吧，在这些死者面前。

蜂鸟那令人目眩的悬停！

深夜的垃圾桶里，站着一个满脸堆笑的乞丐。

必须亲自躺下来做个梦了，一切梦想都已被现实摧毁。

打开她，像分开一只梨。

独裁者坐在空空的剧场中央，他需要掌声重新将他扶起。

世上几乎没有值得一哭的肩膀和怀抱。

一朵刻薄的云在卷刃。

"我们通过与他人争吵，创造了修辞学；又通过与自己争吵，创造出了诗篇。"（叶芝）

本雅明给知识分子下的定义："眼睛在鼻子上，秋天在心中。"

一见如故，形同陌路。

"没有疯狂性格的人，绝没有庞大的天才。"（亚里士多德）

勃洛克写完长诗《十二个》后，在日记上写道："我现在感到自己是个天才。"

鲜花没有敌人，少女没有对手。

永远不要认为自己是唯一的，无论是在敌人心中，还是在爱人心中。

　　一个君王在寻找他的刺客。

　　一只苍蝇表示它也会酿蜜。

　　"没有天赋的作家什么也不是。但是没有作品，天赋什么都不是。"（左拉）

　　那没有发呆和出神的日子，对我来说都虚度了。

（2011）

4

同一个人的诗篇，在上午读和在下午读竟是如此的不同。

他的诗歌之差，源自他江南的才华。

诗，甚至还可以再小一点。小诗，或可称之为"完整的核"。

它多么像一堆废话，在污浊的空气里鼓噪。

凡·高兄弟，你寄来的耳朵收到了，这里正是秋季，随信寄去……

连学者们也认为诗歌已成边缘之物，只有诗人还在坚持，还在嘴硬，必须。

两只钟的快慢如此不一，一只在卧室里，一只在沙发上，不知道刚刚逝去的哪一秒才是真实的。

为一个句子做减法，太严酷了，以致减去了谓语。

一个疾病收藏者，两个冬季收藏了三种慢性病，八次感冒……

夜深了，一个孤独的骑行者在路灯下，将自己的影子抻得时长时短；两个姑娘，互相偎依着走过深夜的街头，她们交谈得那么亲密，仿佛一个在享用另一个的舌头。

什么叫名望？尼采所言：众人对某人的感激之情达到了恬不知耻的地步，某人也就有名望了。

道德，也许只是一种礼貌。

你最美的时候，像一只呼吸沉重的兽。

她摆脱窘境的方式是将镜子打碎。

一枚梨子的腐烂是从何时开始的？它源于一场什么事故？以怎样的速度和时间？它到何时结束这场事变呢？腐烂本身的意义又是什么？……无穷的追问让人疲倦。

与一种公开的"暴露癖"不同，"隐身人"是唯恐人知。他制造了一种神秘气氛，并维持了一种崇拜，由此又造成了一种匿名的时尚……

常常需要闭上眼睛，才能发现生活之美。

轻言对梦的还原是轻浮的。

她在拼命地打她的小儿子，以便发泄一种爱。

她双腿微微夹紧，仿佛有一种东西就要从那里滑脱：一小截盲肠，一根手指，一股蜜……公共的羞涩。

一个疯子，你不能直接叫他疯子，否则他会听不懂。你应该叫他：校长、书记，或先锋派。
为了缓释他抽抽搭搭的悲伤，我们是否该将他直接打哭？

子宫里的那枚钉子，在敲打了一夜的锤子下闪光！

为了教育一头狼，校长请来了美女野兔辅导员。

因思考太多，他干脆取消了舌头。

我在他的诗集中找到了我的诗句，而他已去世多年。

"今天是星期日。"（巴烈霍）这是注定了的，几十个世纪前就注定了的，只是直到今天它才来到。它来到，这也是注定了的。每个"今天"都是注定的。我也是注定的吗？

风马牛是三个人，三个人走在一起，三个人互不买账。

一头河北的驴，被卖到了河南……

你来，正好陪我一起孤独。

佛教，在安徽一带较为繁盛；而四川则盛产江南。江北无言以对。

它哭着走了。一只狗。

我们的区别不大，当然，和，想当然。

她把我的诗译成了阿拉伯语，我左看右看，不像诗，像她的一片绿裙子。

大诗人不必追究小细节，小诗人不可贪求大题材。大小只是类的区别。

请人猜谜，胡说八道在所难免。

流言供大于求，所以可以挑挑拣拣。

坏，有一定的传染性。

她站在雪中，分不清是雪更冷，还是她更冷。

他往自己的球门里不停地射点球，他的朋友为他守门。哈哈。

我叫他老张，和他热烈地攀谈，因为过于热烈，他一直不好意思说，他其实是老王。

两把坏椅子，互相搀扶着，组成团结的三条腿。

这个秋天，我一直在思考：我的邻居是一首诗……

《夜酒吧》。兔子没来，鹰独自来了。

腐朽莫过于躺着，等候窗外几声鸟鸣。

夏日，隐居般的，抛却一切的——午睡。

因为没有太阳，灰尘也少了许多。

午后，读大师的诗作。三十岁前写出代表作，四十岁前写出最好的作品；此后是长达十年的停顿；归来时两手空空，一直作为泰斗而活着。真是恐怖啊，你以为一切才刚刚开始，其实你的使命已在某个早晨结束。

同行之间的竞赛竟会导致一种致命的晦涩。

他的沉默是如此的有力，那喋喋不休的人，在他面前也不得不暂停下来。

冬季，南方，游鱼不动，所有的关联之物皆已逝去。我仿佛不再是我，是童年的你。一个奇迹，充满神圣的寂静之色。我还记得你脸上的光芒，在湖面上微颤。

乡居。那给我送来词语的人，一大早就走了，词语湿漉漉的，带着土地上的霜。

他在一个典故上绕啊绕，像一头自以为是的驴，脖子上的缰绳越绕越短。

一直觉得自己只是站在一扇门槛前，不得而入……甚至这到底是一扇什么样的门，都不甚清楚。

没有厉言相赠，请原谅。

两个人如此之不同：一个因镜片太厚看不清道德，一个因怀疑自己而不停地撕扯头发。

一阵短暂的沮丧过后，重新积聚起力量——因一句小诗的温柔闪光。

只有谎言才能认识真理；只有坏人才能认识好人；只有好人才会相互打架；而打架不会让好人变成坏人，并防止真理变成谎言。

"……这时，突然……"我时常对这一句法结构感到一种无常的恐惧。

下楼。在六楼想起一个词，会心一笑，刚走到三楼时，就忘掉了。

被侵害感。——你不觉得这很夸张吗？

准确说，孤独是由被填充、被干扰的感觉逐渐进化而来。

不知道敞开的门真实，还是深闭的门更真实。

躺在微凉的被单上，而此时无事可催，无人敲门，雨寥寥落落，……开灯，读一本新送来的小书。"世界啊，请为我备齐幸福的眼泪吧！"

缓慢的队列里，一个人突然跳出来，指挥众人如何正确地走。

光线太强。我写字有些抖。

上灯了。微雨，树叶拍在泥地里。我站在窗下，头发也湿了，一直未见那个人开窗。

他们拥抱着，亲吻，上下其手……"有人来了。"她说。"我知道有人，我早就看到了他……"他在继续，而我只好停下。

这个夏天，因为一再的伤心，他将诗写得冰凉。

今天，我饲养的一只鸟死了。我把它关起来，好让它体验我的生活。

一只蠹虫在书页间流亡。它找不到能吃的文字了。这年头，每一个字都是甜的。

诗中湿润的感觉很重要。

三棵竹子被砍下来，为了保护一棵松过冬。

需要不断增强自我的现实性……一切属人的东西在提醒我：人活着。人活着，既是一种虚幻的形上学，又是一种烦躁的道德律。

盲者，听雨的表情会于心。他知道得比我多。我因看到太多而目盲。

《在病房里》。这个男人高高大大的，与进来的每一个人寒暄着，看上去不像一个就要离世的人，甚至都不像个病人。回想起昨天早晨，他在厕所门口朝我抱歉的一笑，那可能是他在尘世的最后一笑了吧。很多事情既可称之为第一次，也可能是最后一次——不过我想，这男人在另一个世界里，大概也是一个爱笑的人。

（2008）

5

有人说走就走了，而我为此计划了两年。她一连去了七个县城，爬了三座山——这期间，我暗自将计划修改了三遍。

要慎用对偶句。尼采有言：对偶是谬误最喜欢借以钻入真理的窄小门径。

施特劳斯相信，能够从事某种事业的男子，定会找到自己的美人。

我说给她的一句话，突然有一天被另一个人复述出来，我感到吃惊不已：难道我同时告诉了两个人？
我对她说："我爱你，但别告诉任何人。"

冷冷的，月亮在头顶。想念一个人，想将她的红风衣挂在月亮上。

当所有人都站在你这一边时，一场争论便变得索然无味了。这说明你不是说服了所有人，而是先天站在了有利的一边。

谤满天下，名亦随之。

这团火，就这么一直燃烧着，将生活烧出一个大洞。

去找一个单人旅馆，离开她。

整夜他妈的就像待在野地里！

凝结的冰雪中，一根树枝咔嚓一声断了，像一个句子被中止。

我们多么像孩子呀！而你有时又像把刀子。

这个人轻微的洁癖激怒了我。确切说，是他那长年不洗的头发！

枯草。枯草。枯草。重复三遍，仅仅意味着有一大片枯草等着去描述。

拉马丁："我见过的人越多，我就越喜欢我的狗。"

存在一种先验的诗。你没把它写好，说明它

尚不属于你。

这么烂的东西，你写它干什么？你不写，它就还待在原地，黑暗中，谁也看不见。

太便宜了。太廉价了。不值一提。

傻瓜的运气总是那么好。但没有人真正去嫉妒一个傻瓜。

仅靠想象力来完成一首诗，但又不坠入语言的迷雾……

雨会停。想想这个，我就觉得沮丧。

我做下的那些坏事，那些胆怯，那些恶，我觉得我爷爷在地下都看到了。爷爷，你惩罚我吧，就像小时候，我从人家的房檐上往下撒尿……

有没有一个鬼存在不重要，重要的是要心中有鬼。

湿漉漉的地面上，一辆孤独的自行车突然倒下。

他在空气里写作，一横，一竖……天空中一片云出现。

每天，散步至铁路桥，就不敢再往前走了。我怕走得太远，不愿意再回来。

托马斯·阿奎那："我写过的一切对我来说都似乎是稻草。"

每当想到离自己的六十岁还有二十多年要活，我的心就一下子安静下来。耐心点，急什么呢？死是等不来的。而有些老人一见面，就说"几十年像流水一样，哗地一下就过去了"。生命的秘密似乎全在于此，这中间，节奏无疑是最重要的一环。

还有什么值得被写下，除非能说得更漂亮？说那么漂亮又有什么意思，除非你非说不可？但非说不可的又是些什么？因为实在没有什么东西值得被写下。

诗能否自己长大？

不要打搅他，他正在怀孕。

那么多话，难抵一首歌。

在将一枚硬币投进乞丐的空碗时，我仿佛听到了自己内心的一声狞笑。

活一天，也就是死一天。

多大的爱，才能化解那无言的罪？

我在梦里做了个梦，一个是黑白的，另一个是彩色的。

当一头牛与另一头牛偶然相遇，会立即成为朋友。那么狮子与老虎呢？

布罗茨基说，即使他被视为奥登的模仿者，"对我来说也仍然是一种恭维。"大师的谦卑可以视作临界状态的一阵清风。

可以通过"过量"来使恶变得荒唐，它表明，通过"大幅度的顺从"，可以使恶变得毫无意义，从而把那种伤害变得毫无价值。（这是我写下的吗？）

细雨密密麻麻，车的倒影滑过积水，一张忧郁的脸。

"你是最美的。"他一路走来，不停地念叨。

美人的命运。美人是因其美而强化了悲，还是因其悲而强调了美？

相遇。"我在哪里见过你？"相遇有一种宿命感。我从人群中把你分离，不是因为你的美，而是因为你是你。

"……我怕自己会改变主意。"她的恐惧需要另一个人来与她分担。

这件事情，需要一个理由。一个理由需要另一个理由的支撑。相互支撑的理由能构成合理的生活吗？理由的理由，一种必然的怀疑与追溯。

汉代刘向："君子欲和人，譬犹水火不相能然也。而鼎在其间，水火不乱，乃和百味。"

帕斯捷尔纳克和他的朋友们。"短短的春夜，转瞬即逝。清晨的寒风吹进洞开的通风窗口，它的呼吸掀动着窗帘，吹拂着奄奄一息的蜡烛，抚弄着桌子上的纸张。客人，主人，空旷的远方，

灰色的天空，房间，楼梯——都在打哈欠。我们各自回家了，空荡无人的街道显得又窄又长……"（《人与事》）

马修·阿诺德说，当一个社会保有一种安静、有信心、心灵自由活动、歧异观点相互宽容的状况时，它就是一个现代社会。

你看那光芒中的白色墓穴，躺着一具蚂蚁的尸体。

室内的轻音乐，室外的悲悯。这个国度，一半在腐败中，一半在欣欣向荣，我已搞不清罪恶到底在哪里生长。

他和他对时间。他向他借火。他和他对了一下眼神，彼此不说话，走开。

他在狂风中扬起骄傲的马头！

她们碰杯碰碎了心。饮酒太多的人无法准确掌握力气。

早晨走在阳光下，突然怀疑起昨夜写下的诗句。白天写下的，有光；夜晚写下的，有光明。

他逢人便问：你能不能给我解释解释，这是什么道理？他找不到生活的道理了，决定发疯。

远离人群的诗，但不是孤独的诗。

暴烈的诗，但又是善良的诗。就像一个粗人。

蹲下来为一个小女孩系上鞋带。他腰里的刀轻轻滑落。

他是个数学教授，据说也写诗。有人据此认为，这是一个诗的国度。

他脱下警察的服装，与一位小贩斤斤计较。这年头，这就算是一个好人了。

他扶着梯子，让那人往上爬。那人爬到了顶端，在一片空无中不停地动作。没人知道他在干什么，也许只有那个扶梯子的人知道。

他在往高处爬。此时你提醒他，无疑就如从他的脚下抽走了那架梯子。

他举着梯子，想爬得更高一些，但他找不到

安放梯子的地方。他的盲目的理想，最终使他成为一个"扛梯子的人"。

他一个人就能娱乐这么多人，他真是一个天才的丑角。

听说有一部法律将要出台，而她天天出台却无人提起。

一个老人，坐在一扇门前，看不清表情，一半在阴影里，一半在阳光下。

沉默着，学习雄辩。

因为撒谎太多，他竟骗过了自己。

尼采论"党派之勇"："可怜的羊群对其头羊说：'只要你在前面带领我们，我们就永远有勇气跟随你。'可怜的头羊心里想：'只要你们跟在我后面，我就永远不缺带领你们的勇气。'"

我最大的病患是自我愈合的能力太强。

谁笑得最好，就让他笑到最后。这是自由主义传统的一部分。

幽蔽得太久，难免恶念丛生。

整个冬天，战争被关在了室内。

一棵树，笔直、光滑，树冠葱郁漂亮。她是一棵尚未成熟的小树。有些树，从一开始就老掉了，也不可能长得更漂亮。

最美好的名字是植物的名字。

是爱引出了那清新的味道，还是味道诱发了爱？

骂名落在他头上，是多么的恰如其分，就像戴上了一顶光辉的帽子。

在乡下。他往天上轻轻一捅，"哗啦"落下一盆破碎的星。

我们驾车到郊区去看一片湖。湖水太大了，我们不知道从哪里看起，只好驾车沿湖堤一路行驶。因此，准确说，我们来到了湖边，并游览了湖堤。

她轻快地转过身去，让裙子在炫目的光线中飘起一个角来——她喜欢展示自己的后半部，自己看不清的地方给了她自信。

他已经认识了二十四种植物。他的志向是再认识另外二十四种，以及更多。他打算把一生都搭在这上头。

他的高深莫测，源于他的空洞无比。

他走得太快了。他的小儿子在后面哭，一边还要在太阳底下紧跑一阵，慢跑一阵。

"懂得怎样读我的书的人将会从形式上读到一部自传。内容并不很重要。"（瓦雷里）

那人已在理智上陷入了混乱，除非他张口结舌，除非他闭门不出，除非让他爱上他自己，否则就会不停地闹笑话。

他在众人中处心积虑地划个圈子，却不小心将自己划在了外面。

理论上存在一种理想的爱：坚信它的存在，并且从不怀疑这种坚信的正当性。两根支柱彼此作为理由。

诗人需要不断地被生活绊倒，以增加自身的情趣。而这也仅是一种滑稽的情趣而已。

他通过彻底的放浪与不负责任，以让自己在现实世界中获得某种自由。他自由了，但并不快活，因为他发现他还要为自己的自由负责！

她享用甜食时的表情像一只偷腥的猫，满足至极，嘴里还发出呼噜呼噜的声音。

两只豺紧紧地拥抱在一起，仿佛是在感慨劫后余生。在它们身后，一只瘸足的狗沉沉睡去。

他是疯子的年轻学徒。他坚信在疯子和天才之间存在一条秘密通道。

整整一天，千转百回。

为了对抗这个噩梦，我挣扎着醒了过来。我醒了，仇人随梦境远去，足音咚咚的，如同我此时的心跳。

这是一本自杀之书，书中的人物从第七章里

跳出来，将书撕成碎片。

你这个人，就是切己的功夫太差，孤芳自赏，或舍己耘人，总之是两个极端。

* 这个暴君，退位之后竟也开始信佛了。他有些担心另外那个世界，那几千冤魂。他颤抖着，撕毁了神的借据。

我相信那照片上的老虎是真实存在的。我相信神秘的事物多过现实。

（2007）

6

已经是三月了，有些不该开的花也开了。

户外，这个词让我想起一种野菜的名字。

我坐下来，想写一首诗，却找不到合适的对象。

很多书，读着读着就烂了；很多人，走着走着就丢了。

我的格言写多了，找不到写诗的节奏。仿佛世间的一切道理都化作了三言两语，多说一句，就是废话。

我掰着脚趾头去发现真理，因此，我所发现的真理不超过十个。

决不把一件事写成一首诗。同理，也决不把一个道理写成一首诗。但如果没有道理好讲，就更不必写诗。

两年来，我站在同样的位置，写出了两首同样的诗。

我觉得她的体内藏着针，一旦她弓起身体，一定有血从体内流出。

他不停地打比方，曲曲折折，曲曲折折，就是想把一个道理讲明白。因为使用了太多的比喻，道理变成了废话。

顾城说："零点的鬼走路非常小心。"这个死鬼！

乌黑的鸟巢上，顶着雪。

我说"爸爸"，在空荡荡的房间里，这两个字让我觉得陌生。

"谁不曾和泪吃他的面包，谁不曾坐在他的床上哭泣……"（歌德）

失败者是否永远都占有道德上的优势？

他爱上了无意义，爱上了无意，也爱上了无。他有心，但无义。

她就那么烂着，在南方的梅雨里。

必须走出门去，才能完成一首诗。

必须找到一条路，并与他人分享。

自怜自艾是一种爱，也是一种憎。爱自己，憎他人。

再过几年，"蓓蕾"在她身上可能就是一个色情的词。

你赠给我的悲伤，我收到了，还有那一小包砒霜般的绝望。

"你总是陈旧的吗？""是的。"

春天，一枚树叶落下来。这南方的鬼天气。

这两年，他的变化可真大，我一时找不到和他说话的口气。

大师说，口气，很重要。

那只狗，突然由狂吠变成了忸怩作态般的低吟。原来它遇到了自己的主人。

很多繁华，发生在梦里，被浪费了。

我伸进手去摸了摸，因为温暖，它无耻地低垂着。

我的电话，只有一个人知道，这增加了我的安全感，同时也助长了我的孤独感。

他沉在水底，准备一直沉下去，直到有一头河马走过来，跟他打了声招呼，他才不得不浮出水面，狠吸了一口气。

这个决定很难下，因此我犹豫了半年有余。其实结果早就想好了，因此，这半年就是用来浪费的。

白天写光明的诗，夜间写黑暗的诗，黄昏写萎靡的诗。而他一年四季都写那种亢奋的诗。

一笔一划，将一个人划掉，就像写一首悼亡诗。

坏心情像茅草，有时枯，有时绿。这个比喻像生活一样真实。

他冒着巨大的风险，想把自己装扮成新世纪的鲁迅，可惜他找不到合适的对手——那些貌似对手的人，其实早已识破了他的诡计。他们袖着手，且看他如何进入无物之阵。

我在梦中哭过了，不是因为你，是因为另一个人。

绝望围着我，像一团雾，制造了一次短暂的虚无事故。

做梦，梦到自己怀孕了，但从哪儿生出来呢？周围的人提醒说：从屁眼试一下，没准可以。于是我静躺下来，等待孩子的降临。

火车驶出地面，一个梦咬住另一个梦的尾巴，随火车驶出地面。天亮了，新的一天充满了陈旧的气氛。

一匹马要长出什么样的翅膀，才能飞上天？而一匹马，想一想，如果它真的飞上了天，又能做些什么？

我跟跄着撤出那团黑暗，才发现它是那样的硕大、无形，还长着一双婴儿的眼睛。

我想写一首纯净的田园诗，这想法由来已久，但一直找不到一块真正的田园。或者，我已没有一颗纯净的心，足以放下一块田园的心。

积怨和仇恨，代替了爱，在世上行使爱的权力。

我还不能用诗歌自如地说出我想说的话。在某些时候，诗歌简直就是一种恶作剧的变形。

他转过身来，拔腿就跑。他年迈的父亲，气喘吁吁地追着他，示意已将他饶恕。

长久的沉默之后，得到的不是黑暗中的转变，而是想重新说话变得越来越困难。

行动成为内心的对立面。

如果世界一意孤行，我们最好是什么都不做，停下来，等着看它的笑话。

四月突然热烈起来，那些黑暗的思想，纷纷钻出地面。我，小区里唯一的游手好闲者，在那些奔忙的邻居面前，显得猥琐不堪。在四月，做一个无聊的人，不如去做一个无耻的人，更加彻底。

早晨，一个邻居突然拦住我："你每天不上班，都在家里干些什么？"我心里一惊，不知如何回答，好像怎么回答，都很难令她满意。

孩子们从来不走正道，他们蹦蹦跳跳，从一片废墟上掠过。一旦他们正常走路，就觉得累极了，世界也变得毫无趣味。

如果没有适当的性欲作为调料，她的美是否会黯然失色？

雨斜着飞进窗户，灯光跳了跳，又被书页扶正。

他去集市上买镰。新麦的喜悦在他的眼皮上跳跃。

我是肉体的简单追随者，和长发的短暂情人。

我不幸将他人的耻辱引为自己的耻辱，并将自我的爱视为人类的大爱。

会飞的东西走起路来都不好看。

绝望，是因为世上还有美。

因为没有树叶，风吹不动它。

在幽居的日子里，我时常照照镜子，看心中是否生出了杂念。

他经常坐在那里，等着黄昏将临。有时候等得来，有时候等不来。他也不着急。

我想试试，贫穷的最大弹力；我想试试，放弃的最大幸福。

这么多年来，我刚刚将牙齿刷白，将头皮洗净。

美人和醉汉。简单的意象构成世界的基本框架。

风一吹，一群面无表情的人突然生动起来。

因为心中藏着巨大的秘密，她一张嘴，就用手捂住，生怕那秘密不小心跳出来。

天气太热了，连电扇都懒得转动。

在郊外，被一个可怕的念头折磨着：早晨出门时，关上厨房的火了吗？无论如何，没有一个确切答案，像一个巨大的噩梦，开始演绎一场火灾……从一锅汤开始，火苗蔓延，从厨房到客厅、到书房、到卧室、到窗外的浓烟……马上赶回家去，厨房洁净，一切如仪。

伊拉斯谟不相信格言，他相信任何事情总有其来龙去脉。

夏日。那件微小的牛仔短裤刚好包裹上她的臀部，因此，她走起路来就像一只蚂蚱在跳。

他刚刚落座，像一团雾笼罩过来，使那些开口讲话的人变得张口结舌，半句话停留在舌尖上，吐也不是，不吐也不是。

"如果一个人从那种看了也不懂的观念出发来看书，那么在很短的时间内他就会做到什么都不

懂，并由于他自己的原因而成为白痴。"（法盖）

投入监牢的第一天，我肯定夜不能寐。

高高在上的人，通过傲慢而认识了生活中最广大的事物。他忽略了一只蚂蚁，那不是它的错。但又是谁的错？

电话线上的匿名者，在高速的飞驰中，被两个警察模样的人揪住。据说，他们蹲踞此处已经多时。

我的一个朋友，嬉皮笑脸地跟这个国家开着玩笑，甚至还忘乎所以地搔了这个国家的裆部一下，结果招来一顿毒打。——他忘了这个国家的严肃性。

火车被冻僵在站台上，像一只僵死的蚂蚱。

如果没有人给它光，那片云就是黑的。——果然，它隐藏了一个月亮。

电视里集中了最大密度的虚伪。

有些事情，因为事先太过周密的计划，从而

消耗了它自身。

外面是正在进行着的炎夏，我坐在空调的房子里写诗，这诗，写得冰凉。

日、操、fuck，有一种喷薄而出的感觉，并赋予阳具以侵略性的力量。

漂浮物。枯枝败叶，浮杨碎柳……整个河流，第一眼看上去往往就是这些东西。

两年不见，这个胖子将自己变成了一个瘦子，那些见面就叫他胖子的人，想改口都来不及。

任何人生的努力最终都导向一种泛乌托邦的自我感动吗？

你怎么才能保证站在公共场合而不参与其中的表演？

一个毫不作恶的人，如何活在这个世上？

幸福是否就是各得其所？

他从我的文章里抄走了一个词：羞耻。就像

抄袭一个病句。

欢迎欺负没心没肺的人。

因为交流过多，鸟和打鸟的人，最终成为了朋友。

午后，雷一阵，雨一阵。这个夏季快到头了。

她走去，带着灵魂的甜舌头。他走来，像个梦游的人，毫不理会周围的动静。

她在雨中走得一点也不慌乱。他那样急，显得很笨。

因为喜欢慢，他将一首曲子拉长，险些破碎。

他想得太多，思考得太深，以致忘记了自己。

那样写是无效的。他不知道，也没人告诉他。

她露出无辜的眼神。而昨夜，她还是罪恶的。

为了打赢一个赌，他连杀三人，最终还杀死了那个跟他打赌的人。他赢了。

一有动静，那只狗就跳出来，说明他是只好狗。

我在夏季，读一首冬天的诗，读得浑身冰凉。

没有一个主席，这会议还怎么开？大家面面相觑。

他静息不动，像一只饥饿的鳄鱼。

窗外，连绵的屋顶，拖着夕阳，在城市的尘灰中安静下来，用它的晚餐。

他的梦呓被误作思想。1980 年，他还是个孩子。

"你以为随便碰一下就会湿吗？"两个女人边走边说，"还是需要感情的。"

粗俗的肉。一只瞎眼的牛头。

她醉得那样厉害，不像是在演戏。

跟她一起坐火车。跟她一起去山西。

他让我同样去做一次。我拒绝了。

一对父子，长着一张相似的脸，当他们同时笑起来，就像一对兄弟。

我摸了你的头发，你不介意吧？

他大概是一个思想者，一直在抽烟，在走，在迷惘中流泪。一个忧郁症患者，他有什么想不通的呢？

一想起来就笑，一想起来，从头到尾，就忍不住笑起来。特别是在无聊的时刻。

似乎整个河南都在写那样的诗歌，整整齐齐，像一个地方的风俗。

三十岁以后，人面即人心。

多年的饥饿体验，让母亲养成了储存粮食和盐的习惯。

母亲还在开着玩笑，而他已经急得哭了起来。

父亲在电话中不停地向我抱怨，像个撒娇的孩子。

她放纵自己的方式是不快乐，尽情地不快乐。

动不动就骂人——那是他心灵的阴部。

他站在那个街角撒尿，抖抖索索的，从他肩部的动作，能看出他脸上愉快的表情。他撒了很长时间，很长，比一只狗要长得多。他就那样大白天对着墙根撒尿，你还不能说他什么，你一说，他就会跟你急。

他们三个，本来各自郁闷着，当他们相约坐在一起后，郁闷就从三个变成了一个，只是体积增加了很多。

她告诉自己：不要后悔，不要后悔！就这样，她把什么都做了，并且也真的不再后悔。

记得小时候，一到秋季，母亲就翻箱倒柜，把家里的单衣棉被全拿出来晾晒。阳光下，散发出一股好闻的霉味。现在想起来，妈妈晾晒衣被时的表情，是那样的满足、陶醉。每个女人都爱美，哪怕那只是一种单调的蓝。

人类应该停止认识世界，立即停止。巨大的虚无。

这首诗的速度，他永远追不上。

那只狗，披着白毛，在她的双腿间。她大概训导有术，将一种介于暴力的母爱，植入它的体内。一只公狗，奔拉着器官，却温顺得像一个女儿，被一只小狗，屡次试图爬上后背。

车子在黄河的脊背上猛地，一颠。到家了。

他一生都在写一本书。到了老年，那本羊皮封面的诗集，终于摆放在她面前。

她的耳垂，薄薄的，透明。

它站在树枝上看我们，是不是显得很猥琐？

长长的一段路程，它滑翔着过去，从高度和长度上，足以保证一种风度的有始有终。

情感郁积。难以说出。诗歌，这伟大的自讨苦吃。

读诗如人在。

我对那些小型的天才不感兴趣。

因为过于挑剔，那只鸟一直没有筑就一个完美的巢。它不着急，并准备为此搭上一生。

你很瘦，有适于拥抱的骨头。但要完成一次完美的拥抱，依然那么艰辛。

"爱的总量是恒定的，给一个人的爱越多，给另一个人剩下的就越少。"谁说的？"爱是个可变量，爱是个再生产爱的能力。"谁说的？

柏桦说，他写诗是因为童年出了毛病，而这个病现在已经痊愈了，因此我们也就看不到他的新作了。

为避免号啕大哭，他拉住了她的衣角。

帕斯："皮扎尼克的诗是混合了情欲的失眠和冥想的清醒之后词语的结晶体。"

1926 年 12 月 13 日，里尔克用俄文给莎乐美写下最后的话："永别了，我亲爱的。"

尼采说，跟一个半吊子争论是自讨苦吃。你必须让他一直错下去，直到有一天他发现自己已经错到底了，再也无法收回，他只好放弃。

有大智慧的人是不是还需要一些小聪明来成就自己？

父亲，他是一个被自我的悲伤层层包裹的好人。

他胸中只有一小片湖山，没有河山。

我不能容忍自己在生活里肥大起来。完全不能容忍。

诗歌的圆满性恰恰就在于：让人感觉它还没有充分完成自己。

她会写那通灵的诗篇。她走路如风，没有身影。

世味年来薄似纱，谁怜骑马客京华。（高尔泰）

他用头脑写作，从来不动用感情；她则每写一句话，都将自己的心剖开来。

整整一年，只写了两首诗：愤怒和相思。

虚构比发现简单得多，但在虚构中可以发现更多。

在乞丐面前，我的零钱总是不够用。

在这张椅子上，我可以坐到六十岁。这把椅子，只需一把钉子、一把斧子、一根木头和一个木匠的一个下午。这就可以承载我六十年的辗转、焦虑、喜悦、放屁……从一把椅子的角度看，人生是有价值的么？

很多人都有传小话的毛病。马尔克斯说海明威小屁股，麦琪说顾城那方面"总是很性急"，萨特在一个角落里偷偷骂过托尔斯泰……有一次我看见老于小便之后抖也没抖就装了进去。

"有一天早晨，苏格拉底站在那里思考一个问题，从黎明一直到中午。人们发现了他，就拿了草席睡在露天，以便盯着他是否会整夜站着。他

果真站到了第二天早晨，当光明重新回到大地时，他向太阳做了祷告，然后就走掉了。"（《会饮》）

占卜了几次，每次结果都自相矛盾，于是选择了一条上上签，深信不疑。

写诗二十年，他仅仅印了一本谦逊的小册子。这小册子上没有一点颜色，没有一篇序言，没有一句废话，没有几首小诗，甚至可以说，没有一个字。他太谦逊了，或者是对自己太过严厉，直到这本小册子印出来，他才稍稍松了口气，觉得对自己二十年的岁月终于有了一个交代。这小册子，他一共印了三册，一册送给了我，上面写着："送给我谦逊的兄弟。"另外两册，下落不明。

（2006）

7

酷热在细雨中挣扎，面孔淹没在啤酒里，一瓶比一瓶更加沉默。大家静坐一席，等待一个新鲜出炉的笑话。

副热带高压，这个词让我烦躁。

失眠，焦虑，神经质，对这个城市的夏天深度不适，长时间待在家里，抵御一种疲软。

二楼的夫妻一到雨天就吵架。一楼的老太太春天刚刚去世，现在，她种下的紫丁香夜夜盛开。我还在隔壁的王家见到一种鸟，浅灰的身体很适合那个笼子。我和这些老邻居不来往已经有些日子了。

我为时钟上足了发条，以便让它走得快一些；我种上一种兰花，以便让它与日常生活制造一种反差；我往空虚里填充时间，以便将它填得更满。

杯子里的茶叶在往下落，这是另一种堕落方式：在闲暇中堕落。

半天读书，半天被噩梦和偏头疼折磨。黄昏来得早，主人们开始回家，一扇扇窗子亮起来，对面楼里的女孩还没有回来，她的校服挂在阳台上，今天入伏，但不是升旗日。

天气太好了，我担心楼下的孩子会不懂得珍惜。他们玩着单调的童年游戏，其中的一个还被打破了鼻子。

拆迁的铁锤开始逼近，门前的那群蚂蚁已经搬走了，积雨云还没有来。

我的鬼离开我，大概也有半年了。

照着镜子，抚摸着日渐隆起的肚皮，已经像一个中年人的肚子啦！不由悲从中来。

酒醒之后，厌世的念头更加强烈，不由悲从中来。

多好的光景，下雨的午后，一再重现！想起母亲肿胀的膝关节，不由悲从中来。

一排排的书，我都读过了，却还是没能找到

要找的答案。我坐在书房里，悲从心中来。

穿过细密的雪粒，沿一条小巷的一侧蹦跳着往前走。小巷的两侧是高大的白蜡树，废品收购站散发出陈旧的气味。这是去往幼稚园的小路，多年来，唯有这一幕带给我幸福。

为了避免相互爱上，我们必须离得近一点，再近一点，最好能住到一张床上，这样我们就可以互相撕扯，厌烦，仇恨，直至相互取消。

我们在火热的旧房子里做爱，因为太热，我们做到了互相嫌弃，互相抱不住对方，让爱从空气里滑脱。

我的一个同事，一热了就会起痱子，这也是我不愿与之接近的原因。

他经常愚蠢地跺着脚，排着队去找死，生活抽着他，像只疯狂的陀螺。我必须离他远一点，心在梦里不要将他打伤。

我的木匠兄弟被警察带走了，在火车站，他们搜出了一把斧子：虽然锋利，但没杀人！

从此他失踪了，一连数月，被塞在这个城市的某个角落，直到那斧子生锈，直到让它变成哑巴。

警察一把拉住了我。他的劲儿并不大，但我还是感受到了一种不容置疑的力量。

一个小偷潜进了我的家，我满墙的书籍逼得他退了出去。

因为憎恶那满墙的书籍，我自己的写作也越来越接近格言的程度。

贼就住在隔壁，三天来串一趟门，晚上再来的时候，没有人拒绝他，他与我家的狗已经混熟了。

他要一条道走到黑。他走到黑暗里去了，人们不得不打着灯笼把他找回来。

他一直走在阴影里，等他突然回到阳光下，却发现自己的影子没了。

为了实现杀一个人的愿望，他一连磨了三把刀，他把时间都花在磨刀上了。

我说：要有光。我说了三遍，于是才有了光。

那些咖啡馆、酒吧间，那些灿烂辉煌的性，那些单纯的酗酒的人，在这充满柔和的阳光的一天，一一回来了。

去年，我丢失了一张自己童年的照片，我手捧一只苹果，坐在姥姥家的土屋前。这是我最早的一张照片，消失了，好像身后的一段历史被生硬地切除，那段黑暗再也无法擦亮。

有一年我回故乡，发现世界的比例都缩小了。那些小麦田、鸦巢、蚁丘，那些结实的乳房和肮脏的性爱，都改变了颜色。居住者死去或搬走，编年史中止，老屋也已荒废多年。

马刺，一个逝去的词，词但不是物。有一年我回乡下，看见一挂马鞭百无一用地挂在墙上，像一个遗物。因为已经没有马。

连续的阴雨天和连续的灾难，让一个唯物主义者的脸色越来越难看，他开门看了看天气，没敢迈出大门半步。

我认识这个人已经有好几年了，他近视得总像是在生活里寻找眼镜，逢人便要点头哈腰，不知道是怎样的谦卑把这个白皙的知识分子搞成了这个样子。

　　一见人就笑，他脸上的表情像午后的头皮屑。这是一张工会主席的脸，十几年来，他还没得罪过一个人！

　　她不笑时牙齿也会露在外面，因此，当她真正笑起来时，便会将牙齿挡住，像一匹羞涩的母马。

　　说起恶势力，他突然笑起来，不小心暴露了满嘴的假牙。

　　他卖酒但不喝酒，他把醉卖给别人；而他磨了一辈子剪子和菜刀，看上去却还像个善良的人。

　　想起早年间干下的那些荒唐事，我在努力大便的同时忍不住笑了。

　　这对乳房，我是认识的，只是一时叫不上名字来了。

我还从来没有见过这样的乳房，长长地垂下来，一直挂到腰间。我还一直以为她很丰满。

她的乳房衰老了。那是一种形式上的衰老，但已经是一种致命的衰老。

前奏搞得太长了，高潮就成了配角。

那时候，我还没有理解胖的好处。现在，我还是喜欢那种阴阜陷在肉里的感觉。

我看见一个仪表堂堂的胖子，下意识地捏了一下自己的卵子。这是正午的大街，一切都很安静，秘密深藏不露。他那里发生了什么事故？

我坐在镜子前，坦诚地批判自己在生活中所犯下的各种错误。

他太爱自己了，忍不住指出了镜子上的一点瑕疵。

我对着镜子做鬼脸，想看看在别人眼中的表情，结果把自己吓了一跳，赶紧恢复神经，并告诫自己要尊重自己的内心。

他的生卒年月写着（1986~1968），白纸黑字，言之凿凿，我的现实感受到了怀疑。

他对着墙根的雪撒尿是因为他贫穷；他对着一丛花撒尿是因为他贫穷；他对着一棵树撒尿是因为他贫穷；他对着路灯撒尿是因为他贫穷；——他一直贫穷，并且孤独得厉害。

他的气质接近于一只乌鸦，如果你不理他，就是对他的最大冒犯。

我一直以为，给内心带来安宁的是那最终的善，而心藏大恶的人却让我认识到更广阔的安宁。

夏天热得只剩下胸罩，"大汗淋漓中阳具勃起"。

现在是晚上七点钟，正在做爱的请暂时停下来，收听新闻联播。

她在做爱中加了点美学，就如讲笑话使用一个比喻句。

外面下着雨，湿漉漉的，火车来了又走了。我抽烟，喝酒，将一只思乡的蚊子拍死。

荒木说，人生呀，还是暧昧一点好。

从长途旅行中归来，我重获一种信念：激情引导着生活——从一种乡思般的黏稠里康复！

（2003）

图书在版编目（CIP）数据

追蝴蝶：朵渔诗选 1998-2008 / 朵渔著 . -- 北京：作家出版社，2018.10

ISBN 978 - 7 - 5212 - 0246 - 5

Ⅰ. ①追… Ⅱ. ①朵… Ⅲ. ①诗集 - 中国 - 当代 Ⅳ. ①I227

中国版本图书馆 CIP 数据核字（2018）第 226349 号

追蝴蝶：朵渔诗选 1998-2008

作　　者：朵　渔
责任编辑：李宏伟
装帧设计：合利工作室
出版发行：作家出版社
社　　址：北京农展馆南里 10 号　　　邮　　编：100125
电话传真：86 - 10 - 65930756（出版发行部）
　　　　　86 - 10 - 65004079（总编室）
　　　　　86 - 10 - 65015116（邮购部）
E - mail: zuojia@zuojia. net. cn
http: // www. haozuojia. com（作家在线）
印　　刷：三河市紫恒印装有限公司
成品尺寸：120 × 200
字　　数：105 千
印　　张：9.25
版　　次：2018 年 10 月第 1 版
印　　次：2018 年 10 月第 1 次印刷
ISBN 978 - 7 - 5212 - 0246 - 5
定　　价：49.00 元